© Buchecker Verlag Kastl
Alle Rechte vorbehalten
1. Auflage 2001
Illustration und Gestaltung: Ursula Kraft
Satz: Buchecker Verlag
Druck: Don Bosco Grafischer Betrieb
ISBN 3-936156-01-8

Ursula Kraft

Findekind

Buchecker Verlag

Lina hüpft den Feldweg entlang.
Es ist ein heller Nachmittag im März. Aus den trockenen Grasbüscheln vom Vorjahr spitzen die Knospen der Küchenschellen. Wie kleine silberhaarige Mäuseohren sehen sie aus. Jedes Jahr sind sie die ersten Blumen hier oben auf dem Berg.
Die Sonne schleckt gerade die allerletzten Schneereste auf – genauso, wie Lina heute Morgen ihr Geburtstagseis geschleckt hat.
Und überall riecht es nach Frühling.

Lina ist diesen Weg schon so oft gegangen, dass sie jeden Stein kennt. Oder doch nicht?
Sie kneift ihre Augenbrauen zusammen und macht den Hals ganz lang. Wenn sie so schaut, hat sie etwas gefunden.

Lina ist nämlich ein Findekind. Sie braucht nur ein paar Schritte zu laufen, und schon findet sie etwas.
Diesmal ist es eine große graue Steinkugel. Sie bückt sich und hebt sie auf. Von der Sonne angewärmt, liegt der runde Stein in ihrer Handkuhle.

Jetzt sind ihre Eltern nachgekommen.
Neugierig fragt Papa: „Was hast du denn gefunden, Lina?"
Als er die Kugel in die Hand nimmt, blickt er überrascht auf. „Die ist leichter, als ich dachte!"
Auch Mama möchte sie einmal nehmen. „Ich glaube, da hat dir unser Berg etwas zum Geburtstag geschenkt", lacht sie.
„Das könnte wirklich sein", denkt Lina und freut sich.

Nach dem Spaziergang trägt sie die Kugel gleich in ihr Zimmer. Dort liegen in einem Regal all die Sachen, die sie schon zusammengetragen hat– Schneckenhäuser und Federn, ein leeres Vogelnest und viele andere kleine Dinge.
Auf einem Brett sind nur Steine. Einer sieht aus, als ob er ein Auge hätte, ein anderer trägt eine kleine Muschel in sich, durch einen dritten zieht sich eine glitzernde Ader.
Jeder hat etwas Besonderes an sich.
Lina legt ihre graue Steinkugel dazwischen. Doch dann besinnt sie sich, nimmt

sie wieder heraus und gibt ihr einen Platz auf dem Geburtstagstisch zwischen ihren Geschenken– einem Plüschäffchen, einem Hüpfseil, einer großen Tüte und einem Märchenbuch.

Das Buch bekam sie heute Morgen von Mama geschenkt.
„Lina, dieses Buch hat eine ganz besondere Bedeutung für mich", sagte sie. „Ich hab es gelesen, kurz, bevor du geboren bist. Wir wussten damals noch nicht, welchen Namen wir dir geben sollten."
Papa musste lachen. „Und dann hat deine Mama dieses Märchenbuch entdeckt, mit den Geschichten von der mutigen Gwendolin."
„Und deshalb habt ihr mich ‚Gwendolin' genannt?"
Lina staunte. Sie wird von allen Lina genannt, aber eigentlich heißt sie Gwendolin.
„Ja, so war das", antwortete Mama, „und wir haben uns gewünscht, dass unsere Gwendolin die Abenteuer in ihrem Leben genauso mutig besteht wie die Gwendolin in dem Buch."
Dann versprach sie ihrer kleinen Tochter: „Immer, wenn du die Geschichte vor dem Schlafen gehen hören möchtest, sagst du es mir. Wir nehmen uns Zeit und lesen ein Stückchen."

Auch Papa brachte ihr heute Morgen ein besonderes Geschenk. Er überreichte ihr eine Tüte, die so schwer war, dass sie sie fast nicht hochheben konnte. Als sie hineinschaute, sah sie eine große Rolle Tonerde.

„Der viele Ton ist für mich?", fragte Lina.
„Du wolltest doch schon immer mal einen ganzen Berg davon haben", antwortete Papa. „Du kannst damit machen, was du möchtest. Wenn du mich brauchst, dann helf ich dir. Und wenn etwas fertig ist, brenne ich es zusammen mit meinen Sachen."

Linas Papa ist nämlich Töpfer von Beruf und hat seine Werkstatt gleich hinter dem Wohnhaus. Lina besucht ihn oft und schaut ihm bei seiner Arbeit zu.
Auf der Töpferscheibe formt er Gefäße– Schüsseln, Krüge, Teller...
Dabei taucht er seine Hände immer wieder in einen kleinen Eimer mit Wasser. So wird die braune oder graue Erde geschmeidig.
„Wie ein Zauberer", denkt sie manchmal. „Aus dem braunen Lehm kann er so schöne Sachen machen!"
Immer, wenn sie ihm zusieht, bekommt sie auch Lust zu arbeiten. Sie formt dann kleine Teller und Schälchen für ihre Puppe. Die werden zwar nicht so gleichmäßig wie die von Papa, aber man kann richtig daraus essen.

Die Sachen, die ihr Vater auf der Scheibe dreht, sind sehr empfindlich. Wenn man daranstößt, kann leicht ein Stück abbrechen. Damit die Gefäße hart werden, muss man sie eine Nacht lang in einen großen heißen Brennofen stellen. Das ist fast wie Kuchenbacken.
„Sie brauchen die Hitze", hat Papa ihr erklärt. „Ganz früher haben die Menschen die Tonsachen sogar ins Feuer gestellt, um sie zu härten."

Wenn das Geschirr ganz fertig ist, glänzt es farbig.
„Papa hat einen schönen Beruf", denkt Lina oft. Vielleicht will sie das später auch lernen.
Üben kann sie ja jetzt schon mit ihrem Riesenberg Ton!

„Komm nur bald, Lina", sagte Papa heute Morgen, als er ihr die Tüte überreichte. „Ich kann mir die nächsten Tage Zeit für dich nehmen."
Gibt es etwas Schöneres, als viel Zeit füreinander zu haben? Mama und Papa haben mit ihren Geschenken genau das Richtige getroffen!

Als sie sich an diesem Abend ins Bett kuschelt, legt sie ihr neues Äffchen neben sich auf das Kopfkissen. Mama sitzt auf der Bettkante und schlägt das Märchenbuch auf.
„Mach es dir gemütlich, Lina. Deine Geschichte beginnt.
Vor langer Zeit kam im Akeleiland ein kleines Mädchen auf die Welt. Es bekam den Namen ‚Gwendolin'. Und weil der Tag der Geburt ein Sonntag war, hatte die kleine Gwendolin eine ganz besondere Gabe– sie konnte vieles sehen, was anderen Menschen verborgen blieb.
Die Eltern der Kleinen waren sehr glücklich. Schon einmal hatten sie ein Kind gehabt– einen Sohn. Aber an seinem ersten Geburtstag geschah mit ihm etwas, das sich niemand erklären konnte.

Ein schweres Gewitter zog am Abend dieses Unglückstages auf. Die beiden Bauersleute arbeiteten noch auf ihrem Acker. Am Feldrand schlief der kleine Gwion in seinem Korb.
‚Ich habe Angst', klagte die Frau.
‚Nur noch diese Ackerfurche', beruhigte sie der Mann, ‚dann gehen wir heim.'
Seine Frau antwortete: ‚Ich möchte mit dem Kind nicht hier bleiben. Es könnte gefährlich werden.'
Doch der Mann ließ nicht von seiner Arbeit ab.
Da zuckte ein greller Blitz über den Himmel. Er fuhr geradewegs in Gwions Korb hinein.
Die Eltern erschraken fast zu Tode und stürzten zu ihrem Sohn. Doch der Korb war leer!

Drei Jahre waren seit diesem Abend vergangen.
Jetzt schlief in demselben Korb wieder ein Kind– Gwendolin, ihre neugeborene Tochter."

Mama hört auf zu lesen, denn sie merkt, dass auch Lina schon sehr müde ist.
„Schlaf gut", flüstert sie ihr ins Ohr und will aus dem Zimmer gehen.
„Bring mir bitte noch meine Steinkugel", sagt Lina schläfrig. Sie hebt ihr Kopfkissen hoch und legt den runden Stein darunter.

In dieser Nacht hat Lina
einen Traum–

Barfuß läuft sie
über eine sonnige Wiese voller
Blumen und Schmetterlinge. Sie
kommt zu einem Wald und geht hinein. Es
wird kühl und ein wenig dunkel, aber trotzdem
wagt sich Lina immer weiter in den Wald hinein.

Auf einmal steht sie vor einem großen grauen Felsen. Sie möchte sich an ihm vorbeidrücken, doch es geht nicht. Er versperrt ihr den Weg.
Als sie den Stein genauer untersucht, entdeckt sie einen Spalt. Ein Höhleneingang!
Vorsichtig tastet sich Lina in den Gang hinein. Ihr Herz klopft, denn sie fürchtet sich ein bisschen. Trotzdem möchte sie wissen, wie es da drinnen weitergeht.
Das Tageslicht ist jetzt fast erloschen. Sie spürt die harten Wände neben sich. Lina überlegt, ob sie nicht lieber umkehren soll.
Da sieht sie vor sich einen Lichtpunkt. Je näher sie ihm kommt, umso größer und leuchtender wird er.
Sie betritt ein riesiges Gewölbe.

Um sie herum glitzern spitzige Gebilde– durchsichtig und farbig wie Glas. Als sie genau hinschaut, merkt sie, dass es lauter Kristalle sind. Manche sind fein wie Haare, andere so hoch wie Türme!
Lina geht staunend zwischen ihnen hindurch. „Wie violette Glasbuntstifte...", denkt sie.

Als sie aus Versehen an einen dünnen, feinen Kristall stößt, erklingt ein heller Ton.
Lina möchte etwas versuchen. Vorsichtig klopft sie an eine der großen Spitzen. Sofort erhebt sich ein mächtiger, tiefer Klang wie von einer großen Glocke.
Es macht ihr Spaß, die Kristalle zum Klingen zu bringen. Erst ist Lina ganz vorsichtig, doch dann wird sie immer mutiger. Sie geht durch das Gewölbe und klopft an alle erreichbaren Steine.
Lina erinnert sich, wie ihr Vater einmal ein Weinglas zum Klingen gebracht hat. Er hatte seinen Zeigefinger angefeuchtet und war damit eine Zeit lang um den Rand des Glases gefahren. Plötzlich hatte es angefangen zu klingen.
So ähnlich hört sich die Kristallmusik in dem Gewölbe jetzt an.

Nach einer Weile hat sie genug. Sie hat Sehnsucht nach der Sonne.
Lina sucht die Öffnung, durch die sie hereingekommen ist. Doch sie kann sie nirgends entdecken...
Langsam steigt Angst in ihr hoch und macht ihren Hals ganz eng.
Sie rennt durch den Raum und stößt dabei an viele Kristalle. Sofort erklingen

die Töne, die zu ihnen gehören. Da ist ein Klingeln und Dröhnen in dem Gewölbe, dass Lina sich die Ohren zuhalten muss.
Dieser glitzernde Palast kommt ihr plötzlich vor wie ein Gefängnis.

Sie lässt sich auf dem Boden nieder. Das Tönen nimmt langsam ab. Dann ist alles wieder ruhig.
„Schön ist es hier", denkt Lina, „aber furchtbar einsam."

In diesem Augenblick erwacht sie. Als sie merkt, dass sie alles nur geträumt hat, ist sie sehr erleichtert.
Aber das Gefühl, ganz alleine zu sein, so wie in dem Traum, das kennt sie gut.
Lina liegt eine Weile in ihrem Bett.
„Ich bin nicht allein", denkt sie. „Ich habe Mama und Papa und Wolle."
Wolle ist Linas graue Katze.
Aber dann kriecht sie aus dem Bett und schleicht zu ihren Eltern ins Schlafzimmer.
Schnell schlüpft sie unter die große Zudecke. Mama und Papa wachen nicht mal auf, so vorsichtig ist Lina.

Am nächsten Morgen, einen Tag nach ihrem schönen Geburtstag, fängt Mama

wieder mit der Kindergartengeschichte an.
Lina will davon nichts hören, aber Mama bohrt und bohrt.
„Stell dir vor, Lina! Im Kindergarten ist ein Platz frei geworden. Wollen wir es mal versuchen? Bestimmt gefällt es dir jetzt dort."
Aber Lina wehrt sich mit Händen und Füßen. Sie will nicht von zu Hause weg, nicht zu irgendwelchen fremden Kindern!

Vor ein paar Tagen war sie mit Mama beim Einkaufen gewesen. Eine Frau im Bäckerladen hatte sie mit zusammengekniffenen Augen angeschaut und gesagt: „Warum ist sie denn so schüchtern? Geht sie denn nicht in den Kindergarten?"
„Nein, noch nicht", hatte Mama geantwortet. „Das kommt schon noch."
„Da wird es aber auch höchste Zeit!" Die Frau hatte ein vorwurfsvolles Gesicht.
„Was geht die das an!", hatte Lina gedacht und sich noch ein bisschen weiter hinter Mamas Rücken verkrochen.

„Warum heißt denn das überhaupt ‚Kindergarten'?", wollte Lina dann zu Hause wissen. „Das hat doch gar nichts mit einem Garten zu tun."
„Doch", gab ihr Mama zur Antwort. „Dieser Name ist zwar ein bisschen altmodisch, aber er bedeutet, dass die Kinder dort gemeinsam aufwachsen und gepflegt werden, wie Blumen in einem Garten."
„Hm", dachte Lina.

Und heute, einen Tag nach ihrem Geburtstag, fängt Mama wieder damit an.
„Bitte, Lina, probier's doch wenigstens mal aus. Wir gehen hin und du schaust dich dort einfach um. Du wirst sehen, es gefällt dir."
Als Lina sie ängstlich anschaut, sagt sie: „Die andern Kinder sind dir doch nur in den ersten Tagen fremd. Du lernst sie ja alle kennen. Vielleicht ist jemand dabei, der dir besonders gut gefällt. Und Spielsachen gibt es da so viele, dass du dich wundern wirst!"

Sie gehen zusammen hin. Aber Lina will sich dort nichts anschauen. Nicht die Puppenecke und schon gar nicht die andern Kinder.
Steif sitzt sie auf ihrem Stuhl. Immer wieder schielt sie hinter zu ihrer Mutter. Als die sagt: „Du, Lina, ich geh jetzt mal schnell zum Einkaufen. Ich bin gleich wieder zurück", da ist es aus mit Linas Tapferkeit.
Sie muss so weinen, dass Mama es nicht übers Herz bringt, sie alleine dazulassen.
Trotz ihrer Tränen bemerkt Lina beim Hinausgehen ein Mädchen mit hellblonden Haaren. Ein paar Sekunden lang schauen sich Lina und das Mädchen an.
Als Lina am Abend im Bett liegt, denkt sie sich aus, dass das blonde Mädchen ihre Freundin ist.

Ein paar Wochen später geschieht noch etwas Aufregendes.
Lina sitzt gerade an ihrem Lieblingsplatz. Es ist ein großer Felsblock neben der

Linde vorm Haus. Richtig warm ist es schon. Lina riecht den Wacholderbusch neben sich, und überall blüht gelber Löwenzahn.

Wolle döst in der Sonne.

Da kommt eine Familie den Berg herauf. Papas Töpfersachen werden eigentlich in einem Laden in der Stadt verkauft, aber manchmal kommt es vor, dass Leute ihr Geschirr gleich in der Werkstatt aussuchen wollen.

Zwei Kinder sind dabei– ein Mädchen und ein Junge.

Als Lina sie kommen sieht, rennt sie sofort ins Haus. Vorsichtig spitzt sie zum Fenster hinaus in den Hof.

Dort sieht sie, wie der Junge mit Wolle scherzt.

„Wie grob er ist!", denkt Lina. Aber Wolle scheint das Spaß zu machen.

Das Mädchen spielt inzwischen mit dem Puppengeschirr, das auf einem Mäuerchen steht.

Lina hat Löwenzahnsuppe und Grassalat für ihre Puppen gekocht.

Das Mädchen da draußen nimmt einfach ihre Holzstäbchen und tut so, als ob sie alles aufessen würde. Dabei wirft sie mit den Stöckchen die Blätter und das Gras vom Teller.

Eigentlich macht Lina das sonst genauso, aber jetzt ärgert sie sich darüber.

„Lina", sagt Mama, „geh doch mal raus zu den beiden! Ich glaube, die würden sich freuen."
„Das glaub ich nicht", antwortet Lina.
„Vielleicht möchten sie etwas aus Ton bauen. Das gefällt allen Kindern."
"Denen bestimmt nicht", sagt Lina kratzbürstig. „Schau nur, wie er die Katze quält!"
Mama guckt aus dem Fenster. „Er spielt doch nur mit ihr. Wolle gefällt das, siehst du das denn nicht?"
„Und sie macht mein ganzes Essen kaputt", schimpft Lina.
Mama schaut sie an.
„Du, Lina, sie spielt mit deinen Sachen. Das ist doch nicht so schlimm. Geh einfach mal raus! Die beiden sehen doch freundlich aus, findest du nicht?"
Doch. Wenn Lina ganz ehrlich ist, findet sie das auch.
Sie überlegt hin und her, was sie tun soll. Dann fasst sie einen Entschluss.

Als sie vorsichtig die Haustür öffnet, hört sie eine Frau rufen: „Klemens, Klara! Wir sind fertig! Kommt bitte!"
Klara legt die beiden Holzstäbchen ordentlich neben den Puppenteller, und Klemens krault Wolle noch einmal kräftig. Dann rennen die beiden zu ihren Eltern.

Lina schaut ihnen durch den Türspalt nach und spürt einen kleinen Stich in ihrer Brust. Sie hat etwas verpasst...
Enttäuscht geht sie zu ihrem Felsenplatz zurück und malt sich aus, wie sie mit den Kindern zusammen vor dem Haus spielt.

———

An diesem Abend möchte Lina wieder ein Stückchen aus dem Buch hören. Sie rückt ihr Kissen zurecht und hört gespannt zu, was ihre Mutter vorliest.

„Gwendolin wuchs zu einem kräftigen, fröhlichen Mädchen heran. Neun Jahre war sie nun alt, und es gab für sie nichts Schöneres, als durch die Hügel des Akeleilandes zu streifen.

Wieder einmal war sie unterwegs. Als sie müde wurde, setzte sie sich unter einen Baum und ruhte sich aus. Von weit her hörte sie das Meer.

Da entdeckte sie plötzlich neben sich die schönste Blume, die sie je gesehen hatte. Ihre Blüte war so blau wie der Nachthimmel. Sie hatte die Form einer Glocke, und in ihrer Mitte saß ein gelbes Krönchen.

Gwendolin wollte sie haben. Sie beugte sich hinüber, um sie zu pflücken. Da hörte sie die Blume sagen: ‚Bitte, verschone mich!'

Das Mädchen zog die Hand zurück.

‚Ich werde dir drei Wünsche erfüllen, wenn du mich am Leben lässt.'

‚Aber ich wollte dich gar nicht töten', sagte Gwendolin erschrocken.

‚Ich muss sterben, wenn du mich pflückst', antwortete die blaue Blume.

‚Dann werde ich dich nicht pflücken', versprach Gwendolin.

‚Ich danke dir. Nun hast du drei Wünsche frei. Sei klug und überlege sie dir genau.'

‚Muss ich mir jetzt gleich etwas wünschen?'

‚Nein', erwiderte die blaue Blume. ‚Erst, wenn der Wunsch, der in dir wächst, so stark ist, dass er sich nicht mehr aus deinem Kopf vertreiben lässt, dann sollst du ihn aussprechen. Er wird sich erfüllen.' "

Lina liegt in ihrem Bett und überlegt: „Das ist gar nicht so einfach. Drei Wünsche sind schnell vertan."

Mama fragt: „Wüsstest du denn drei Wünsche?"

Lina denkt darüber nach und wird so müde, dass sie einschläft.

———

Aus dem Ton von Papa hat Lina schon viele schöne Sachen gemacht.
Vor einer Woche hat sie eine kleine Figur geformt. Nach dem Trocknen hat sie der Figur rotbraune Haare gemalt, dazu grüne Augen und ein blaues Kleid. Jetzt holt Papa das Püppchen gerade aus dem Brennofen. Ganz warm ist es noch.
„Das ist die Mama, stimmt's?", fragt er.
„Stimmt, und ich will sie Mama schenken", verrät Lina.
„Oh, da wird sie sich freuen", sagt er. „Ich glaube, sie ist im Garten."

Lina trägt die Mamafigur hinter in den Garten. Sie ist stolz darauf.
Wie ein Kind freut sich Mama über das Geschenk. „Bin ich wirklich so schön?", sagt sie und drückt Lina ganz fest.

Sie hat gerade die Erde aufgelockert und Rillen gezogen. Da hinein möchte sie jetzt Gemüse sähen. Neben den frischen Beeten stehen zwei Körbchen mit Samentüten. Auf den Tüten sind bunte Bilder. Lina erkennt Gurken und Bohnen, Kürbisse und Salatköpfe.
Im anderen Korb sind die Blumensamen. Davon kennt Lina nur die Sonnenblumen.
„Was sind denn das für Blumen?", fragt sie ihre Mutter. Das eine Bild zeigt rosa

Blumen, die aussehen wie Schmetterlinge. Auf dem anderen sind blaue Glocken wie Samtröcke mit langen Spitzen.

„Die rosa Blumen sind Sommerazaleen", antwortet Mama. „Sie sehen auch in der Blumenvase wunderschön aus. Und die blauen sind Akeleien."

„Akeleien?" fragt Lina. „Aber so heißt doch das Land, in dem Gwendolin wohnt."

„Das hast du dir aber gut gemerkt", lacht Mama.

„Sieht man den Samen jetzt schon an, welche Blumen rauskommen?", will Lina wissen.

Ihre Mama schmunzelt. Sie nimmt das Tütchen mit den Sommerazaleen und öffnet es.

„Halt mal deine Hand auf", sagt sie. Dann schüttet sie eine ganze Menge winziger, dunkelbrauner Samen in Linas Hand.

„Und daraus sollen diese rosa Blumen werden?"

Kann man das glauben?

Lina möchte noch andere Samen sehen. Mama zeigt ihr einen Gurkenkern und einen Sonnenblumenkern. Sie sehen sich ähnlich. Beide sind länglich und ungefähr gleich groß, aber der Gurkenkern ist ganz weiß, und der Kern der Sonnenblume ist schwarzweiß gestreift.

„Woher weiß denn der Samen, welche Pflanze aus ihm werden soll?" Lina möchte begreifen, wie das vor sich geht.

Mama sagt: „Jedes Samenkorn hat in sich einen ganz genauen Plan, nach dem es wachsen muss."

Sie nimmt den schwarzweiß gestreiften Kern in die Hand.

„Wenn du diesen Sonnenblumenkern in die Erde steckst, dann fängt er irgendwann an zu keimen. Der Keim braucht Feuchtigkeit, und er braucht vor allem Wärme. Dann wächst er solange, bis er eine große gelbe Sonnenblume geworden ist. Nichts kann ihn aufhalten, außer vielleicht einer Schnecke, die ihn abfrisst."

„Und wenn die Sonnenblume verblüht ist, gibt es wieder ganz viele solche Kerne", erinnert sich Lina.

„Und aus denen werden im nächsten Jahr wieder neue Sonnenblumen", sagt Mama.

Lina schaut erst auf die braunen Krümel in ihrer Hand, dann auf das Bild mit den rosa Blumen. Begreifen kann sie das alles nicht.

„Ich begreif das auch nicht, Lina", meint Mama. „Es ist ein Wunder, und Wunder kann man nicht begreifen."

Lina wünscht sich ein eigenes kleines Beet. Sie möchte Sommerazaleen, Gurken und Sonnenblumen sähen.

„Wann kann ich die Azaleen pflücken?" fragt sie.

„Da musst du schon Geduld bis zum Sommer haben. Dafür blühen sie sehr lange."

Darauf freut sich Lina. Sie nimmt sich vor, regelmäßig zu gießen und Unkraut zu zupfen.

Den ganzen Nachmittag hilft sie ihrer Mutter im Garten. Sie säen Salat und Radieschen, gelbe Rüben, Bohnen, Gurken und viele andere Gemüsesorten. Mitten hinein in das Gemüse kommen die Blumen– Ringelblumen und Astern, die Sommerazaleen und Akeleien.

Lina betrachtet das Bild auf dem Tütchen. Wunderschön sehen die Akeleien aus. In der Mitte der blauen Glocke sitzt ein Büschel zarter, gelber Staubgefäße. Genauso stellt sich Lina die blaue Blume aus der Gwendolin-Geschichte vor. Schnell sät sie in ihr Beet auch noch ein paar Akeleien.

„Ich freu mich so, wenn sie blühen", ruft sie ihrer Mutter zu. Lina hat ganz rote Backen von der Arbeit.

Am Zaun entlang steckt sie Sonnenblumenkerne.

Als die beiden Hunger bekommen, holt Mama Honigbrote aus der Küche. Lina liebt Honigbrote.

Es ist ein besonders schöner Nachmittag.

Obwohl Lina heute von der Gartenarbeit schon recht müde ist, will sie, dass Mama ihr vorliest. Sie sitzt im Bett und hört zu.

„Eines Morgens ging Gwendolin in den Akeleiwald, um Moosbeeren zu pflücken. Da trat auf einmal hinter einem Baum eine wunderschöne Frau hervor. Ihr Kleid war dunkelblau, und in ihrem Haar sah Gwendolin ein kleines goldenes Krönchen. Da wusste sie, dass dies eine Fee war.

Als die Fee zu sprechen begann, war es dem Mädchen so, als kenne es diese Stimme schon.

‚Gwendolin', hörte sie, ‚ich weiß, dass du mich sehen und hören kannst. Aber du kannst noch viel, viel mehr. Was das ist, werde ich dir jetzt verraten.
Deine Eltern sind voll Kummer seit dem Tag, an dem dein Bruder Gwion verschwunden ist. Niemand weiß, wo er ist und wer ihn mitgenommen hat. Du, Gwendolin, bist die Einzige, der es gelingen kann, ihn zu finden und zurückzuholen.'
‚Aber ich bin doch noch ein Kind', sagte Gwendolin.
‚Du bist ein Kind, das wache Augen hat und mutig ist. Das ist genug, um diese Aufgabe zu lösen.'
‚Wirst du mir dabei helfen', fragte das Mädchen.
‚Ich darf dich beraten, aber befreien musst du deinen Bruder allein.'
‚Und wo soll ich anfangen zu suchen? Gwion kann doch überall sein.'
‚Denke gut nach, und du wirst den Anfang finden. Wenn der erste Schritt richtig ist, gehst du den nächsten wie von selbst.'
Gwendolin wollte fragen, in welche Richtung sie diesen ersten Schritt machen sollte, aber da war die Fee schon hinter den Baum getreten und verschwunden. Wie eine Glocke schwang ihr Rock hinter den dicken Stamm zurück.

Wo konnte Gwion nur sein? Wer hielt ihn versteckt? Wo kann man einen Jungen so gut verbergen, dass ihn niemand findet? Sie blickte sich um.
Dort oben zwischen den Wolken vielleicht? Oder drunten in der Erde? Hielt ihn jemand draußen im Meer gefangen?
Die Welt war so groß!

Gwendolin erinnerte sich an die Geschichte, die ihr die Eltern erzählt hatten. Ein großer Blitz sei niedergefahren auf ihr Kind. Von diesem Augenblick an sei es verschwunden gewesen...

‚Blitze haben etwas mit dem Feuer zu tun und mit der Luft', überlegte Gwendolin, ‚aber auch mit dem Wasser und mit der Erde, in die sie hineinfahren.'

Da kam ihr ein Gedanke in den Sinn: ‚Die Herrscher von Feuer, Luft, Wasser und Erde muss ich suchen! Nur einer von ihnen kann es gewesen sein, der Gwion entführt hat.'

Sie machte sich sofort auf den Weg zur blauen Blume.

‚Ich möchte mir meinen ersten Wunsch erfüllen lassen', sagte sie entschlossen. ‚Bitte, führe mich zu den Herrschern der Luft, des Wassers, der Erde und des Feuers!'

Die Blume antwortete ihr: ‚Dein Wunsch ist nicht leicht zu erfüllen. Ich kann dir helfen, die Herrscher der Luft, des Wassers und der Erde zu finden, aber dem Feuer darfst du nicht begegnen. Du würdest augenblicklich verbrennen.'

‚Du meinst den Blitz?', fragte Gwendolin. ‚Er war es ja, der meinen Bruder geraubt hat.'

Da antwortete ihr die blaue Blume: ‚Der Blitz war nur ein Helfer. Entführt hat ihn jemand anders. Jemand, den du sehr gut kennst.' "

Mama hört auf zu lesen.

„Wer kann das nur sein?", überlegt Lina. Aber Mama verrät nichts, sondern gibt ihr lachend einen Gutenachtkuss.

Es ist Mai geworden.
Auf Linas Beet sind alle Samen aufgegangen. Jeden Tag schaut sie nach ihren Pflänzchen.
Die Büsche hinter dem Haus haben neue hellgrüne Blätter. Einer von ihnen blüht schneeweiß. Es ist eine Schlehe. An ihren dornigen Zweigen sitzen viele duftende, kleine Blüten. Bienen und Falter machen sich daran zu schaffen.
Das frische Gras ist trocken und warm, und Lina legt sich mitten hinein. Ihre Hand liegt auf der Steinkugel. Die hat sie mit auf die Wiese genommen.
Neben ihren Ohren raschelt und brummt es. Ein Grashüpfer springt mit einem riesigen Satz über sie hinweg. Sie schaut den Ameisen zu. Einige von ihnen zerren gerade eine tote Fliege davon. Keinen Augenblick gönnen sie sich Ruhe. Sie arbeiten so lange, bis die Fliege genau da ist, wo sie sie haben wollen.

Lina schaut in den Maihimmel. Über den hellblauen Grund ziehen langsam große Wolken. Jede von ihnen hat eine andere Form.

Lina erkennt eine Frau mit einer langen, spitzen Nase. Da! Jetzt löst sich die Nase vom Kopf ab...

Dahinten kommt ein kleiner Hund. Und ein Fisch mit einem himmelblauen Auge!

Unaufhaltsam ziehen die Wolken weiter. Der Wind treibt alle in eine Richtung. Lina schaut manchen von ihnen lange nach.

Jetzt kommt eine Federbettwolke angesegelt, die größer ist als alle andern. Lina nimmt sich vor, ihr so lange wie möglich nachzuschauen.

Doch diese Wolke bleibt einfach stehen. Genau über Lina!

Aber was geschieht denn da? Aus dem Wolkenbauch schiebt sich ein Seil. Es wird schnell länger und länger.

Lina setzt sich mit einem Ruck auf. Jetzt baumelt das untere Ende des Seils bereits neben ihr im Gras. Sie kann es mit den Händen greifen. Es ist kein Traum!

Lina starrt nach oben. Zwei Beine hängen aus der Wolke, und schon gleitet an dem Seil ein Mädchen herunter.

Geschickt landet es neben ihr auf dem Grasboden.

Lina ist sprachlos. Das Mädchen lacht und zieht an dem Strick wie an einem Glockenseil. Wie von einer unsichtbaren Hand wird er hochgezogen und verschwindet im Wolkenbauch.

„Du brauchst keine Angst vor mir zu haben. Ich hatte einfach nur Lust, dich zu besuchen", sagt das Mädchen zu Lina, die ganz verdattert aufsteht.
Sie kann es noch immer nicht begreifen, was sie da sieht.
Das Kind vor ihr ist ungefähr so alt wie sie selbst. Sein Gesicht ist wie aus feinem Porzellan. Es hat dichte, hellgraue Haare, in denen bewegliche Tröpfchen schimmern. Über seinem nackten Körper trägt es ein Hemd aus durchsichtigem, regenbogenfarbenem Stoff.

„Wer bist du", fragt Lina, „und woher kommst du?"
„Von da oben! Das hast du doch gesehen", sagt das Mädchen.
„Wohnst du denn in der Wolke?"
„Nein", lacht es. „Die Wolke ist für mich so etwas wie ein Omnibus. Ich wohne viel weiter draußen."
Es macht eine weite Handbewegung zum Himmel hin.
Lina hat eine Idee. „Bist du ein Engel?", fragt sie.
Das Mädchen schüttelt so heftig den Kopf, dass eines der Kügelchen aus dem Haar purzelt.
„Ich und ein Engel? Nein, ganz bestimmt nicht!"
Jetzt legt es sich der Länge nach ins Gras.

„Wenn du wüßtest, wie ich mich auf diesen Augenblick gefreut habe. Endlich mal das spüren, was ich von oben immer nur sehe. Das warme Gras fühlen, die Blüten riechen, meine Finger in die Erde bohren!"

„Warst du denn noch nie hier unten?" Linas Verwunderung wird immer größer. Ein Wesen, das keine Erde und kein Gras kennt!

„Warst du denn schon mal da oben?", fragt das Mädchen.

„Nein, natürlich nicht", antwortet Lina.

„Na siehst du", sagt das Mädchen. „Für mich ist es genau so erstaunlich, dass du noch nie dort oben in den Wolken warst."

Lina denkt nach. Dann sagt sie: „Für dich ist es aber auch viel leichter, zu uns herunterzukommen. Du wirfst einfach ein Seil aus und kletterst runter. Aber wie soll ich da raufkommen, wenn ich das möchte?"

„Möchtest du denn?", hört Lina das Mädchen fragen.

Sie denkt: „Das hab ich mir sogar gewünscht, als ich vorhin in die Wolken geschaut habe."

Aber das verrät sie nicht.

Wolle ist gekommen und streicht dem Wolkenkind um die nackten Beine. Das Mädchen streichelt das samtweiche Fell der Katze.

Dann schaut es Lina ins Gesicht. „Möchtest du rauf? Ja oder nein."

Lina gibt sich einen Ruck.

„Ja! Aber ich kann doch nicht fliegen! Wie soll denn das gehen?"

„Das lass mal meine Sorge sein", sagt das fremde Mädchen vergnügt. „Leg dich einfach ins Gras, und mach deine Augen zu."

Lina tut es. Sie sieht die Sonne durch ihre geschlossenen Augenlider hindurch und spürt ihre Strahlen auf den Beinen. Sie hat heute das erste Mal Kniestrümpfe an, so warm ist es.

„Die Sonne macht meinen Kopf innen ganz hell", flüstert sie.

„Pst!", hört sie das Mädchen sagen. „Warte auf das, was kommt."

Lina atmet ganz tief und ruhig. Sie merkt, wie sich ihre Lunge mit Luft füllt. Seltsam leicht wird sie. Auf einmal beginnt sie zu schweben...

Wie ein Ballon steigt sie zu den Wolken auf. Nach unten schaut sie nicht. Sie kann ihre Arme und Beine frei bewegen.

Lina merkt, dass sie mit Schwimmbewegungen die Richtung bestimmen kann. Sie sieht die Wolken auf sich zukommen und erwartet, dass sie gleich anstößt, aber sie spürt gar nichts. Sie fliegt durch die Wolken hindurch, so, als ob sie durch einen Nebel ginge.

Lina rudert mit den Armen. Sie möchte weiter nach oben. Angst hat sie keine. Jetzt wagt sie, hinunter auf die Erde zu schauen. Sie sieht die Wiese mit der weißen Hecke unter sich.

Im ersten Augenblick denkt sie, dass das Weiße auf den Zweigen Schnee ist.

Aber dann fallen ihr die vielen Blüten ein.

„Ob hier auch Schneeflocken sind? Wenn ich schon mal hier oben bin, will ich alles sehen, was es gibt", denkt sie.

Kaum hat sie das gedacht, wird die Luft um sie herum kühler. Jetzt sind die Kniestrümpfe nicht mehr das Richtige. Lina kommt in eine Luftschicht, in der es richtig kalt ist. Sie achtet aber gar nicht darauf, weil sie etwas Wunderschönes sieht. Um sie herum wirbeln unzählige Schneesternchen!

Lina streckt die Hand aus. Die Flocken setzen sich darauf. Groß sind die!

„Entweder sind die Flocken hier viel größer, oder ich bin plötzlich klein", denkt Lina.

Ein bisschen mulmig ist es ihr jetzt schon. So hoch droben! Aber dann schaut sie sich lieber die Schneeflocken an. Jede hat eine eigene Form, aber alle haben sechs Strahlen.

Die Flocken schmelzen lange nicht so schnell wie unten auf der Erde. So kann Lina jede anschauen, so lange sie will.

Ganz gleichmäßig sind sie. Die sechs Hauptstrahlen verzweigen sich wieder in viele Ästchen.

„Schneeflocken sind Kristalle", hat Papa ihr einmal erklärt. „Deshalb sind sie so gleichmäßig."

Daran denkt Lina jetzt. Kristalle müssen also nicht immer aus Stein sein.
Die Wärme ihrer Hand lässt die Flocken dann doch schmelzen. Lina kann es nicht aufhalten. Das ist auch nicht so schlimm, denn schon entdeckt sie die nächsten. Eine schöner als die andere.
Um Lina herum glitzert es. Schneeflocken im Mai!
Das wird ihr niemand glauben. Sie wird es auch niemandem erzählen.

Jetzt gleitet Lina wieder tiefer hinunter. An ihre Haut hängen sich feine Wassertröpfchen. Zwischen ihrem Gesicht und der Luft draußen ist plötzlich eine Wand aus Wasser.
Sie merkt, dass sie zusammengekauert in einem großen Regentropfen sitzt. Trotzdem wird sie nicht nass!
Als sie zur Erde schaut, verschwimmt die Wiese unten in bunten Flecken.

Da lässt sich die Sonne plötzlich wieder sehen. Richtige Strahlen kann man in der feuchten Luft erkennen. Sie spiegeln sich in den Tröpfchen.

Lina erspäht durchsichtige, farbige Streifen zwischen den Wolken. Rot, orange, gelb, grün, blau und violett leuchtet es vor ihr.
Wenn es regnet, und die Sonne dazu scheint, dann gibt es einen Regenbogen. Das hat Lina schon öfter erlebt. Und jetzt hat sie einen genau vor ihrer Nase! Langsam verblasst er. Nun ist er verschwunden.

Lina sitzt noch immer in ihrem Regentropfen. Sie friert und spürt plötzlich, dass sie schwer wird.
„Ich falle!", denkt sie. Sie bekommt einen Schreck.
Sie fällt tatsächlich. Das Wasser um sie herum ist hart wie ein Kiesel geworden. Eine Eisschicht schließt sich um sie herum wie ein Iglu. Da hat sie keine Angst mehr, denn sie erkennt, dass aus ihrem Regentropfen ein Hagelkorn geworden ist. In diesem dicken Schutzpanzer fällt sie auf den Wiesenboden, doch sie spürt den Aufprall kaum.
Schnell schmilzt die Sonne den Eismantel weg.

Lina bibbert noch ein wenig vor Kälte. Aber sie merkt, dass sie trocken und heil auf der warmen Wiese gelandet ist. Sie schaut sich um.
Wo ist denn das Wolkenmädchen?
Ah, da drüben stapft es durchs Gras und pflückt einen Blumenstrauß! Wolle begleitet es.
„Ich bin wieder da!", ruft Lina.
„Ich weiß", antwortet das Mädchen. „Gleich bin ich auch fertig."

Als es bei Lina ankommt, fragt es: „War es so, wie du es dir vorgestellt hast?"
„Noch viel schöner", strahlt Lina. „Wenn ich das Mama und Papa erzähle, glauben sie mir bestimmt nicht."
„Du musst es ja nicht erzählen", meint das Mädchen. „Jeder darf Geheimnisse haben. Ich sage auch niemandem, dass ich hier unten war."
Das Kind im Regenbogenkleid zeigt hoch zum Himmel. „Schau, meine Wolke wartet. Ich muss gehen."
Schon baumelt das Seil bis auf die Erde herunter.
Das Mädchen klemmt sich den Blumenstrauß unter den Arm.
„Leb wohl", sagt es und schaut Lina ein letztes Mal an. Dann klettert es flink wie ein Eichhörnchen hoch und steigt in den Wolkenomnibus.
Das Seil wird eingezogen, und die dicke Wolke segelt davon wie alle anderen Wolken auch.

Lina lässt den Kopf hängen und reibt an ihren Augen. Beim Hochschauen hat sie die Sonne geblendet. Und ein bisschen weinen muss sie auch.
Da sieht sie vor sich im Gras das durchsichtige Kügelchen liegen, das dem Wolkenmädchen aus den Haaren gekullert ist. Sie hebt es auf und drückt es an sich.
Schnell rennt sie damit ins Haus. In ihrem Zimmer sucht sie nach ihrer Schatztruhe. Das ist ein bemaltes Kästchen. Da hinein legt sie das Kügelchen, das aussieht wie ein Hagelkorn.

Es ist Juni.
Linas Eltern haben beschlossen, mit ihrer Tochter eine Reise ans Meer zu machen. Lina hat noch nie das Meer gesehen. Nur auf Bildern.

Als sie dann davorsteht, ist alles noch viel schöner und aufregender als auf den Bildern. Papa hebt sie hoch, damit sie ein bisschen weiter hinausschauen kann auf die riesige graublaue Wasserfläche.
Die Wellen schwappen bis zu ihren Füßen her. Sie haben Kringel aus weißem Schaum, der sich immer neu bildet und wieder auflöst. Nie ist das Wasser ruhig. Es ist ständig in Bewegung. Man hört diese Bewegung auch. Die Wellen rollen heran, klatschen auf den Strand und rollen wieder zurück ins Meer – immerzu und ohne die kleinste Pause.
Und sie lassen viele interessante Dinge im Sand zurück. Lina nimmt sich vor, den Strand jeden Tag abzusuchen. Schon jetzt hat sie die Taschen voller Muscheln.

Als ihr ein paar Tropfen von dem Meerwasser ins Gesicht spritzen, fährt sie sich mit der Zunge über die Lippen. Da merkt sie, dass das Wasser ganz salzig schmeckt.
Auch die Luft riecht nach Salz und ein bisschen wie die feuchte Tonerde, mit der ihr Vater in seiner Werkstatt arbeitet.
„Komm, Lina", sagt Papa, „wir haben noch zwei Wochen, um alles kennenzulernen."

Jeden Tag geht Lina mit ihren Eltern hier entlang. An heißen Tagen baden sie. Das ist aufregend für Lina. Sie kann noch nicht schwimmen, und sie spürt die Kraft, die das Wasser hat.
Täglich findet sie neue Muscheln. Weil ihr die Wahl so schwer fällt, welche die schönsten sind, nimmt sie gleich alle mit.
„Vielleicht findest du ja eine mit einer Perle", sagt Papa im Spaß. „Du bist doch ein Findekind!"
Von dem Augenblick an heftet Lina ihren Blick auf alle Muscheln, die noch beide Hälften haben.
Leider darf sie nie allein ans Wasser. Die Eltern haben Angst um sie. Aber wenn sich die beiden auf ihrer Decke ausruhen, strolcht Lina da herum, wo Mama und Papa sie noch sehen und rufen können.
Freunde hat sie bisher noch keine gefunden, aber das ist sie ja gewöhnt. Allein gefällt es ihr sowie so am besten.
Jetzt sitzt sie auf dem Badehandtuch in der warmen Sonne und spielt mit ihrer Steinkugel. Die hat sie zu Hause heimlich in ihre Urlaubstasche gepackt. Sie wollte auf keinen Fall ohne ihre Kugel verreisen.

Lina fragt ihre Eltern, ob sie ein bisschen suchen darf. Sie erlauben es.
Ihr Blick ist wie immer auf den Sandboden gerichtet. Schätze liegen da herum! Schneckenhäuser, alle möglichen Arten von Muscheln und sogar ein trockener Seestern.

Sie stößt mit ihren nackten Zehen an eine große orangerosa Muschel, die noch beide Hälften hat. Einen kleinen Spalt ist sie offen.
Schnell bückt sich Lina. „Da ist eine Perle drin!", denkt sie und erschrickt ein bisschen vor lauter Glück.
Vorsichtig versucht sie, die beiden Hälften auseinander zu drücken. Ganz nah ist sie mit der Nase dran.
Auf einmal hört sie jemanden lachen. Lina schaut sich um. Da ist niemand!
„Ich bin zwar keine Perle, aber eine Überraschung bin ich doch, oder?"
Die beiden Muschelhälften sind auseinander geklappt. Mitten in der Muschel sitzt ein winzig kleines Wesen und lacht.

Lina sieht, dass sein Unterkörper mit perlmuttfarbenen Schüppchen bedeckt ist. Statt der Beine hat es eine Schwanzflosse und zwischen den Fingern zarte Schwimmhäute.
Das Wesen scheint ein Kind zu sein. Ob es ein Junge oder ein Mädchen ist, kann man nicht erkennen.
Lina kann vor Staunen nicht sprechen.
„Ich hab mich von dir finden lassen", sagt das kleine Wesen vergnügt.
Als Lina ganz erstaunt guckt, fügt es hinzu: „Weißt du, ich beobachte dich jetzt schon seit ein paar Tagen. Du freust dich über so viele kleine Dinge, dass ich mir gedacht habe: ‚Sie soll mal was ganz Besonderes finden.' Und da bin ich!"

Langsam findet Lina ihre Sprache wieder. „Du bist ein Geschenk für mich?"
„So ist es. Aber ich habe noch was für dich!"
Lina wird neugierig. „Was denn?", fragt sie gespannt.
„Weißt du noch, als du am ersten Tag hier gestanden bist? Du hast gedacht: ‚Wo sind denn die bunten Fische, die ich aus den Büchern kenne?' Stimmt's?"
Lina nickt. Das hat sie tatsächlich gedacht.
„Soll ich sie dir zeigen? Das wäre nämlich mein Geschenk", sagt das Muschelkind.
Lina bleibt der Mund offen stehen. Sie schaut dem Kind in die Augen. Die wechseln immerzu die Farbe, genau wie das Meer. Einmal sind sie blau, dann grau, dann schimmern sie grünlich.
„Du bist wahrscheinlich eine kleine Nixe", antwortet Lina, „und kannst dich im

Wasser aufhalten. Aber ich weiß, dass ich unter Wasser nicht atmen kann. Ich kann noch nicht mal schwimmen."

„Das brauchst du auch nicht", sagt das Nixchen. „Hab keine Angst! Ich würde dir doch niemals etwas schenken, das dir schaden würde. Möchtest du das tiefe Meer kennenlernen? Ja oder nein."

Lina erinnert sich plötzlich an die Frage des Wolkenmädchens damals auf der Wiese: „Möchtest du rauf? Ja oder nein."

Damals hat sie den Mut gehabt.

Lina gibt sich einen Ruck. „Ich möchte!"

Dann sagt sie: „Aber ich kann mir nicht vorstellen, wie das gehen soll."

Eigentlich weiß sie schon die Antwort, die jetzt kommt.

„Das lass mal meine Sorge sein", hört sie jetzt tatsächlich. „Du nimmst einen großen Luftvorrat mit nach unten."

„Aber Luft kann man doch nicht einpacken", meint Lina.

„Ich schon", strahlt das Nixchen.

Dann gibt es Lina ein durchsichtiges Häutchen. „Blas so fest hinein, wie du kannst!"

Lina tut es. Sie pustet das Häutchen auf wie einen Luftballon. Glasklar ist er – und so groß wie Lina selbst!

Erschöpft legt sich das Mädchen in den Sand.

„Steh auf, Lina", drängt das Muschelkind. „Wir müssen uns beeilen, damit wir schnell wieder zurück sind. Deine Eltern bekommen sonst furchtbare Angst um dich. Und das darf nicht passieren."

Lina schaut sich um und sieht ihre Eltern auf der Decke liegen. Sie dösen ein bisschen in der Sonne.

„Trag mich bitte zum Wasser", sagt das Nixchen, „und bring die Luftblase mit!"

Kaum sind sie dort angekommen, schwappt eine Welle mit einer weißen Schaumkrone heran. Sie hebt die beiden hoch, und ehe Lina weiß, was mit ihr geschieht, treibt sie schon hinunter zum Meeresgrund.

Sie sitzt in ihrer trockenen, luftigen Blase, die vom grünhaarigen Nixchen gezogen wird wie von einem kleinen Pferd.

Ihre Augen müssen sich erst an das seltsame Licht hier unten gewöhnen. Aber bald kann sie alles voneinander unterscheiden. Es ist genau so, wie Lina es aus Büchern kennt– bunt und geheimnisvoll.

Wie ein versunkenes Land mit Bäumen und Bergen. Und mit vielen Lebewesen!

Um ihre Luftkammer herum schwimmen fremdartige Fische. Manche sehen aus wie Kugeln, manche lang wie Schlangen. Einer wedelt mit riesigen, stacheligen Flossen durch das Wasser. Als Lina einmal nach hinten sieht, fährt sie erschrocken zurück– ein gelber Fisch mit hervorquellenden Augen schaut zu ihr herein.

Das Nixchen dreht sich zu Lina um und winkt ihr freundlich zu. Da verschwindet ihre Furcht so schnell, wie sie gekommen ist.

Dunkelgrüne Pflanzen wiegen sich sanft im Wasser hin und her. Es gibt auch welche, die ganz steif dastehen und aussehen, als ob sie aus Knochen wären.

„Das sind Korallen", denkt Lina.

Jetzt entdeckt sie neben einem Felsen große Büsche, die voll von kleinen bunten Fischen sind, die alle gleich aussehen.

Sie leuchten, als ob ein Licht in ihnen angeknipst wäre.

Alles ist still. Nicht einen Laut hört Lina.

Sie schwimmen an einer Höhle vorbei. Drinnen ist es dunkel. Ein gefährlich aussehender Fisch versteckt sich dort. Er lauert, das merkt Lina. Das ist ihr unheimlich.

Über ihnen bewegen sich ruckartig seltsame Lebewesen. Es sind durchscheinende Quallen und Tintenfische. Die Tintenfische haben acht Beine, an denen viele kleine Saugnäpfe sitzen.

Als einer von ihnen Linas Luftblase plötzlich in eine große schwarze Wolke hüllt, bekommt sie Angst.

„Wie kann ich nur der Nixe sagen, dass ich schnell wieder nach oben will?", denkt sie, und fühlt, wie ihr Herz klopft.

Doch da merkt sie, dass sie steigen.

Immer heller wird es. Lina schwimmt auf einer Welle, die sie mit einem sanften Schwung aus dem Wasser wirft. Die dünne Luftblasenhaut platzt.

Sie muss kurz die Augen schließen, so hell kommt ihr die Sonne vor. Aber die Wärme tut ihr gut. Es war ein bisschen kühl da unten.

Schnell dreht sie sich zu ihren Eltern um. Mama setzt sich gerade auf und legt die Hände über die Augen. Jetzt winkt sie zu Lina her.

„Huh, das war knapp", will Lina zu dem Nixchen sagen, aber das ist nirgends zu sehen.

Sie sucht mit den Augen die Wasseroberfläche ab. Da! Da schwimmt es!
Es winkt Lina zu und verschwindet im Schaum einer kleinen sanften Welle.
Lina winkt zurück.

„Wem winkst du denn?", fragt Mama. Die Eltern sind zu ihr hergekommen.

„Und was hast du da?", will Papa wissen.

„Ich habe eine wunderbare Muschel gefunden", sagt Lina und hält ihnen die orangerosa Muschel entgegen.

„Mit Perle?", lacht Papa.

„Mit Perle", antwortet Lina, „und mit was für einer! Gerade ist sie weggeschwommen."

„Aber hier ist sie doch!", ruft Mama. Vorsichtig holt sie ein mattglänzendes, weißes Kügelchen aus der Muschelschale.

„Das gibt's nicht", sagt Linas Papa kopfschüttelnd. „So was gibt's einfach nicht", murmelt er. Er schaut seine Tochter an. „Langsam glaube ich, dass du zaubern kannst."

„Vielleicht kann ich das ja", lacht Lina.

Sie lässt sich nicht anmerken, dass sie über die Perle genauso erstaunt ist wie ihre Eltern. Verraten wird sie nichts. Was hat das Wolkenmädchen damals auf

der Wiese zu Lina gesagt?
„Jeder darf seine Geheimnisse haben."

Lina und ihre Eltern sind schon lange wieder zu Hause auf ihrem Berg.

In der kleinen Schatztruhe liegt neben dem Hagelkorn jetzt auch die Perle. Immer wieder holt Lina das Kästchen und schaut hinein. Sie weiß, dass sie das alles nicht geträumt hat, sonst könnten hier vor ihr nicht diese beiden Kügelchen liegen.

Während Lina am Meer war, ist auf ihrem kleinen Beet eine wunderschöne Blume gewachsen. Es ist eine Akelei.
Wie schön sie ist!
Ihre dunkelblaue Glockenblüte sieht aus wie ein Röckchen. Der Rock hat fünf Spitzen, und in seiner Mitte sitzt eine Krone aus gelben Staubgefäßen.
„Wie die blaue Blume!", denkt Lina. „Ob das auch eine Wunschblume ist?" Sie will die Blume auf keinen Fall abpflücken.

Heute möchte sie ihren Lieblingsbaum besuchen. Es ist eine junge Eiche, die ganz oben auf dem Berg steht. Lina war schon lange nicht mehr dort.
Ihre Kugel verstaut sie im Blumenkasten zwischen den Geranien. Dann klettert sie den Hang hinter der Wiese hoch. Sie möchte nachschauen, ob die Eicheln schon reif sind.
Und sie möchte die Eichhörnchen sehen. Zwei wohnen dort oben – ein rotbraunes und ein fast schwarzes.
Manchmal, wenn Lina sich ganz ruhig verhält, kommen sie angehuscht und holen sich Eicheln. Dann kann sie zuschauen, wie sie sich aufsetzen und daran herumknabbern.

Wolle muss heute leider zu Hause bleiben. Wenn die Katze dabei ist, lässt sich kein Eichhörnchen und kein Vogel blicken.
Lina dreht sich um.
Ach, du liebe Zeit! Da schleicht sie ja schon nach. Aber umkehren will Lina jetzt trotzdem nicht mehr.

Tatsächlich liegen schon Eicheln unter dem Baum, aber sie sind noch grün. Es ist ja erst Juli. Die glatten Früchte stecken in kleinen Schüsselchen. Manchmal hängen zwei zusammen.
Wolle kommt angeschlichen. Sie schaut hoch in die Zweige, denn sie ist eine richtige Vogeljägerin.
Lina lässt sich unter dem Baum nieder und wartet, ob die Eichhörnchen vielleicht doch kommen.
Da sieht sie neben sich ein Eichenblatt liegen. Es ist dunkelrot gefärbt, wie im Herbst, und auf seiner Oberseite sitzt ein grünes Bällchen. Lina kennt so etwas schon.
„Das Blatt hat ein Insekt angestochen und sein Ei reingelegt," hat Mama ihr mal erklärt. „In dieser Schaumkugel entwickelt sich das kleine Insekt und schlüpft irgendwann aus."
Lina zupft ein bisschen an dem Ball. Er ist ganz schön groß.
„Vielleicht geht er ab", denkt sie. Sie würde dieses Tierchen gern mal sehen.
Als sie mit der Fingerkuppe über die Kugel streicht, entdeckt sie in der schaumigen Hülle feine Risse, die schnell größer werden.

Plötzlich ist ein sanfter Knall zu hören. Die Kugel ist auseinander geplatzt. Lina lässt das Blatt vor Schreck fallen. Sie hat Angst, dass etwas Gefährliches herauskommen könnte. Das rote Blatt liegt mit dem Bällchen nach unten auf dem Boden.
Als sich nichts rührt, hebt Lina es ganz vorsichtig auf.
In der Mitte der Kugel bewegt sich tatsächlich etwas. Lina kann feine, durchsichtige Flügel erkennen. Ein Insekt mit Armen und Beinen und einem Gesicht wie ein Mensch?
Aber das ist ja wirklich ein Mensch! Ein klitzekleiner!
Schon bewegt er die Flügel und schwirrt wie eine Libelle zu Lina hoch. Die streckt ihm ihre Hand entgegen. Er landet darauf, aber sie spürt ihn kaum. Er ist ungefähr so groß wie Linas kleiner Finger und federleicht.
Sie muss lachen, weil es so auf ihrer Hand kitzelt.
Vor ihr steht ein Junge mit struppigen, braunen Wurzelhärchen. Auch sein Kittel ist braun. Er grinst.
„Ich steche nicht und ich beiße nicht, denn ich bin kein Insekt, liebe Lina!"
„Aber was bist du dann", fragt Lina.
„Ich wohne hier im Baum. Normalerweise können mich die Menschen nicht sehen, aber bei dir ist das anscheinend etwas anderes. Warum, weiß ich auch nicht."
Dann sagt er: „In der Kugel hab ich mich nur versteckt, damit du mich finden kannst. Finden ist doch deine Lieblingsbeschäftigung, oder?"
„Was der alles von mir weiß," denkt Lina.

Aber das war bei dem Wolkenmädchen und der Nixe ja auch so.
„Lange haben wir nicht Zeit", sagt der Baumjunge, „dann werde ich auch für dich wieder unsichtbar sein."
„Bestimmt ist er ein Elf", denkt Lina.
Sein Gesicht hat viele Fältchen und ist braun wie eine reife Haselnuss.

Lina legt sich auf den Bauch ins Gras. Der Elf schwirrt Lina direkt vor der Nase herum. Wolle kommt auf Samtpfoten herangeschlichen.
Als Lina furchtbar erschrickt und Angst um den Kleinen hat, lacht er nur.
„Niemals würde mir ein Tier etwas zuleide tun", erklärt er ihr. „Elfen und Tiere gehören zusammen. Wir sind füreinander da, wenn wir Hilfe brauchen. Schau dir den Falter dort an!"
Er fliegt ein Stückchen und lässt sich dann nieder. Lina krabbelt ihm nach.
Sie sieht auf einer Schafgarbe einen weißen Schmetterling sitzen. Einer seiner Flügel hat einen tiefen Riss.
„Damit kommt er nicht mehr weit", sagt der Elf. Er holt aus seiner Kitteltasche eine winzige Dose und öffnet sie.
Lina erkennt darin eine honiggelbe Salbe. Davon tupft der Kleine ein wenig auf den verletzten Flügel. Im selben Augenblick schließt sich die Wunde.
„Er hat Glück gehabt, dass ich hier bin. Das ist leider nicht immer so. Auch Tiere müssen leiden und sterben."
Der Schmetterling bewegt seine Flügel und steigt auf. Bald ist er nur noch ein heller Punkt.

„Was ist in dieser Dose", will Lina wissen.

„Das ist ein ganz besonderes Baumharz. Es wird von den Elfen in der Nacht der Sommersonnenwende geerntet und behält ein ganzes Jahr lang seine Heilkraft."

„So etwas sollten die Menschen auch haben, dann gäbe es keine Krankheiten mehr", denkt das Mädchen.

Der Elf errät ihre Gedanken. „Kranksein gehört zum Leben dazu, Lina. Und außerdem haben auch die Menschen in der Natur Heilmittel entdeckt, die helfen können."

Die beiden kehren zu ihrem Baum zurück. Dort liegt Wolle in der Sonne und schnurrt vor Wohlbehagen. Der Baumjunge fliegt vorsichtig auf Wolles Rücken. Die blinzelt nur mit einem Auge und schnurrt weiter, als ob nichts wäre.

Der Junge drückt sich in das warme Fell und strahlt Lina an.

„Das ist so kuschelig!", lacht er. „Der Flaum in den Vogelnestern ist auch ganz weich und warm, aber ein Katzenpelz fühlt sich wieder ganz anders an. Das wollte ich schon immer mal spüren."

Eine ganze Weile reden sie nichts. Jeder der beiden freut sich einfach, dass der andere da ist. Wolle schnurrt behaglich.
Dann sagt der Elf: „Ich darf dir ein Geschenk machen, Lina. Gibt es etwas, das du wissen möchtest? Aber es muss mit Bäumen zu tun haben. Du weißt ja, ich bin ein Baumelf."

Lina muss nicht lange nachdenken.
Bevor sie das Blatt mit dem Bällchen gefunden hat, hatte sie hoch in die Baumkrone geschaut und sich etwas gewünscht.
Sie wollte wissen, wie es ist, wenn man fest in der Erde steht, so wie dieser Baum. Wie es ist, wenn man keine Beine hat, mit denen man herumlaufen kann. Und wie es ist, wenn man Äste und Zweige anstatt Arme hat.
Es kribbelt Lina am ganzen Körper, wenn sie daran denkt.
Sie will auch wissen, wie tief die Wurzeln unten in der Erde stecken. Überhaupt, wie es da drunten aussieht.
„Steh mal auf und lehne dich ganz fest an den Baum!", sagt der Elf. „Und mach deine Augen zu!"
Lina erinnert sich daran, wie sie damals auf der Wiese plötzlich leicht wie ein Luftballon geworden ist. Auf dieses Gefühl wartet sie. Doch es kommt ganz anders.
Sie versinkt...

Linas Füße beginnen, langsam in den weichen Wiesenboden zu wachsen.

Ihre Zehen bohren sich Gänge hinein und werden zu starken Wurzeln. Lina hält sich mit diesen Wurzeln an den Steinen und an der Erde fest. Es kommt ihr so vor, als ob irgendwo ein Mäuschen an ihr schnuppert. Kann das sein?

Die Wurzeln, die sich da unten breit machen, verästeln und verzweigen sich ganz ähnlich, wie die große Eiche über der Erde. Sie sehen aus wie ein mächtiger Baum, nur ohne Blätter.

Jetzt schieben sich viele feine Saugwurzeln aus den dicken Wurzeln heraus. Lina merkt, wie sie nach den Wassertröpfchen suchen, die ringsum im Boden sind. Die saugen sie ein und geben sie im Stamm nach oben weiter.

„Jetzt bin ich ein Baum und trinke", denkt Lina.

Mit ihrem Stamm steht sie mitten in der Wiese. „Vielleicht hat sich meine Haut in Rinde verwandelt?", denkt sie und fühlt, wie kleine Käfer auf ihr herumkrabbeln. Ihre Beinchen kitzeln richtig.

Jetzt hebt sie ihre Arme hoch. Aus ihnen werden Äste und Zweige. Und aus denen schieben sich viele grüne Eichenblätter.
Lina spürt plötzlich, dass sie durch diese Blätter atmen kann.

Oben in der Baumkrone turnen Vögel mit roten, blauen, gelben und grauen Federn herum.

„Sie sind genau so schön wie Edelsteine in einer Königskrone", denkt sie, „nur noch viel wertvoller, weil sie ja lebendig sind und singen können."
Ein leichter Wind fährt durch ihre Blätter und bewegt sie ein bisschen.
So steht Lina noch eine ganze Weile. Wie lange, weiß sie eigentlich gar nicht genau.

Ganz langsam ziehen sich die Wurzeln, die Äste und Zweige wieder zurück.
Lina fühlt, wie ihre Haut glatt wird.
Mit beiden Beinen steht sie nun wieder im Gras. Ihre Arme streckt sie noch immer nach oben. Ein Marienkäfer krabbelt auf Linas weicher Haut herum.
Da spürt sie hinter sich den rissigen, harten Baumstamm, an den sie sich fest gelehnt hatte. Sie öffnet die Augen und blinzelt.
Lina ist wieder ein richtiges Menschenkind.

Der Baumjunge kommt sofort zu Lina heraufgeflogen.
„Gut, dass du wieder da bist", sagt er aufgeregt. „In einer Minute ist unsere Zeit um. Fast hätte ich mich nicht mehr von dir verabschieden können. Du kannst mich bald nicht mehr sehen. Leb wohl, Lina! Und schau dich um! Ich habe ein Geschenk für dich versteckt."
Schon ist er unsichtbar.

Lina ist traurig.
War das wirklich richtig, was sie gemacht hat? Wäre es nicht besser gewesen, die ganze Zeit mit dem kleinen Elf zu verbringen? Das kann sie jetzt nicht mehr ändern. Und außerdem hat sie etwas erlebt, was sie nie mehr vergessen möchte.
Sie macht sich auf die Suche nach dem versprochenen Geschenk.
Plötzlich stößt sie einen kleinen Freudenschrei aus. Unter dem roten Eichenblatt, mit dem alles angefangen hat, findet sie ein honiggelbes Kügelchen. Es hat genau die gleiche Farbe wie die Salbe in der Dose und duftet nach Harz.

Zu Hause wandert die goldgelbe Kugel sofort in die Schatztruhe.
Drei Andenken liegen jetzt schon darin– ein Hagelkorn, eine Perle und nun noch ein goldgelbes Harzkügelchen.

Lina hütet ihre Schätze und ihre Geheimnisse.

Heute Abend möchte Lina wieder ein Kapitel aus der Geschichte hören.

Gwendolin hatte in der Zwischenzeit viel erlebt. Sie war den Herrschern der Luft, der Erde und des Wassers begegnet.
Alle drei waren freundlich zu ihr gewesen und sehr hilfsbereit. Sie hatten sie durch ihre herrlichen Paläste geführt, aber ihren Bruder konnte Gwendolin dort nirgends entdecken.
Nun musste sie sich doch auf die Suche nach dem Herrscher des Feuers machen, so gefährlich das auch war.
Aber dazu musste sie erst die blaue Blume um Rat fragen.

Soweit kann sich Lina an die Geschichte erinnern. Jetzt ist sie gespannt, ob es Gwendolin gelingt, ihren Bruder zu finden.
Mama kommt herein, setzt sich auf die Bettkante und beginnt zu lesen.
„ ‚Es gibt eine Möglichkeit, den Herrscher des Feuers zu bezwingen,' sagte die Blume.
‚Wer ist dieser Herrscher?', fragte Gwendolin. Sie wollte endlich erfahren, wer ihr Gegner sein würde.
‚Der Herrscher des Feuers ist niemand anders als die Sonne. Sie besitzt die Hitze und das Feuer, um unsere Erde zu wärmen. Und sie war es, die den Blitz geschickt hat, um deinen Bruder zu holen.
Die Sonne ist groß und mächtig, das weißt du. Aber einen Tag im Jahr gibt es, da ist ihre Macht ganz klein.'

,Und welcher Tag ist das?' In Gwendolin stieg die Hoffnung wieder hoch.
,Es ist der kürzeste Tag im Jahr, die Wintersonnenwende. An diesem Tag ist die Sonne am schwächsten.
Sie muss Gwion herausgeben, wenn du es dir ganz fest wünschst.'
,Wann ist denn die Wintersonnenwende?' Gwendolin hatte nicht die geringste Ahnung.
,Da musst du Geduld haben', sagte die blaue Blume. ,Erst mitten im Winter wird es soweit sein. Aber versäume diesen wichtigen Tag nicht! Er kommt nur ein einziges Mal im Jahr.'
Plötzlich fiel Gwendolin ein, dass sie ja noch zwei Wünsche frei hatte.
,Mein zweiter Wunsch ist', bat sie, ,dass ich meinen Bruder wieder bekomme.'
,Du wirst an einem Zeichen erkennen, ob sich dein Wunsch erfüllt', sagte die Blume geheimnisvoll.
,Und jetzt geh! Ich wünsche dir alles Glück, das du für deinen Weg brauchst.'

Gwendolin beobachtete die Sonne jeden Tag.
Viele Wochen vergingen, bis eines Tages der erste Schnee auf den Hügeln des Akeleilandes lag.
Der Wald glänzte weiß bis zu Gwendolins Elternhaus herüber. Das Mädchen trat aus der Tür.
Es war in einen Fellmantel eingehüllt und hatte hohe, lederne Stiefel an. Auf dem Rücken trug es ein kleines Bündel mit Essen.
Noch lange schauten die Eltern ihrer mutigen Tochter nach, wie sie sich einen

Weg durch den glitzernden Schnee bahnte.

‚Warum haben wir unseren Sohn nicht vor dem Gewitter geschützt', seufzte der Vater. ‚Ich kann heute nicht mehr verstehen, wie dumm ich damals war. Ich allein bin schuld an unserem Unglück.'

‚Unsere Tochter wird Gwion retten', tröstete ihn seine Frau.

Gwendolin beeilte sich. Sie wollte rechtzeitig auf dem Gipfel des höchsten Berges im Akeleigebirge stehen, wenn der Tag der Wintersonnenwende da sein würde. Deshalb stapfte sie, ohne auszuruhen, durch den Schnee."

Lina liegt in ihrem warmen Bett und stellt sich vor, wie sich die arme Gwendolin durch den tiefen Schnee kämpfen muss. Davon wird sie ganz müde und schläft ein.

Mama schleicht sich aus dem Zimmer.

In dieser Nacht träumt Lina vom Winter:

An ihrer Fensterscheibe fliegen Schneeflocken vorbei, die so groß sind wie Suppenteller. Alle haben sechs weiße Arme, an denen kleine Saugnäpfe sitzen, wie damals bei den Tintenfischen.

Draußen vor dem Fenster steht eine dicke Wolke. Auf ihr sitzt vergnügt der Baumelf und winkt ihr zu. Er hat einen winzig kleinen Fellmantel an.

„Komm raus, Lina," ruft er. „Wir fahren mit dem Omnibus zum Akeleigebirge!"

Da klettert Lina im Nachthemd aus dem Fenster.
Die Wolke ist so weich wie ihr Bett. Aber da ist irgend etwas Hartes. Ah, die Steinkugel!
Als Lina sie nehmen will, rutscht sie ihr aus der Hand, fällt über den Wolkenrand hinunter in die Tiefe...
„Nein!", schreit Lina laut und wacht auf.

Mama kommt und streichelt ihr über die Haare.
Lina zittert noch vor lauter Schreck. Sie fühlt schnell unter das Kopfkissen. Da liegt sie noch, ihre Kugel.
„Mama", flüstert Lina, „manchmal weiß man gar nicht, ob man alles nur träumt oder ob es wirklich wahr ist."

Es ist August.
Auf der Wiese hinter dem Haus blühen ganz viele verschiedene Sommerblumen. Und auch Linas Beet ist voll mit großen Pflanzen.
Gurken kann sie schon ernten. Die Sonnenblumen sind hoch geworden, aber sie blühen noch nicht. Am schönsten sind die rosaweißen Sommerazaleen. Lina pflückt einen großen Strauß und stellt ihn in eine Vase.
Es ist ihre Lieblingsvase. Natürlich hat Papa sie gemacht. Die Vase ist hellgrau, hat zwei blaue Augen und einen roten Mund.

„Lina, komm doch mal her", sagt Mama. Die Eltern trinken ihren Nachmittagstee.

Auch wenn Lina schon ein großes Mädchen ist, sitzt sie gerne auf dem Schoß. Sie geht zu Mama. Die hat heute ein Kleid aus einem ganz weichen Stoff an. Lina streichelt mit der Hand darüber.

Da spürt sie auf einmal etwas, das sie sehr überrascht. Sie hat das bisher noch nicht bemerkt. Mamas Bauch ist ganz rund. Sie schaut ihre Mutter fragend an.

„Siehst du, Lina, genau das wollten wir dir erzählen." Mama lacht ein bisschen.

„Was ist mit deinem Bauch los? Warum ist er so dick?", fragt Lina.

Sie hört Papa sagen: „In Mamas Bauch ist was ganz Schönes gewachsen."

Lina denkt nach. Es wächst im Bauch und es ist schön?

Was kann das nur sein?

„Es ist so etwas Schönes wie du, Lina. Es ist ein Kind. Stell dir vor, wir bekommen nochmal ein Kind."

Lina fühlt sich so, als wäre sie mit dem Kopf gegen die Wand gelaufen.

Ganz steif macht sie sich auf Mamas Schoß.

„Freust du dich denn gar nicht?", fragt Mama sie.

Die Eltern sind enttäuscht. Sie haben eine strahlende Lina erwartet. Endlich ein Schwesterchen oder ein Brüderchen! Endlich nicht mehr allein!

Aber dann spüren sie, was Lina denkt.

„Du brauchst keine Angst zu haben. Du bist unsere Lina", sagt Papa. „Wir haben dich sehr, sehr lieb. Wir sind immer für dich da, auch wenn das Baby da ist."

„Du kannst mit ihm spielen und es füttern und spazierenfahren. Das wird bestimmt schön", muntert Mama sie auf.
Aber Lina kann sich nicht freuen.
„So nah, wie das Baby bei Mama ist, kann ich niemals sein", denkt sie.

Am nächsten Tag bleibt Lina die meiste Zeit in ihrem Zimmer. Sie spielt mit ihren kleinen Andenken und malt sich Geschichten aus.
Als sie in die Küche gehen will, hört sie Mama sagen: „Wie gut wird es für Lina sein, wenn sie nicht mehr so allein ist."
Wenn die wüssten!
Das Wolkenkind, das Muschelkind, das Baumkind! So viele Kinder kennt sie!
Dann denkt sie an Mamas runden Bauch und an das Baby, das sich da drinnen zusammenrollt.
Wie es wohl aussieht? Und wann wird es da sein? Wird es ein Bruder oder eine Schwester?

Sie geht in Papas Werkstatt.
Er kommt zu ihr herein. „Schön, dass du da bist, Lina!"
Lina nimmt einen kleinen Klumpen Ton und formt daraus so etwas Ähnliches wie ein Baby.
Papa erzählt ihr, dass das Baby im Bauch in einer feinen, durchsichtigen Haut liegt. Mitten im Wasser schwimmt es herum und ist durch eine Art Schnur mit

Mama verbunden. Durch diese Schnur kann das Baby essen und trinken.

„Das hört sich seltsam an", denkt Lina. Obwohl sie selbst schon einige geheimnisvolle Dinge erlebt hat, kann sie nur staunen über das, was sie da hört.

Sie erinnert sich, was Mama ihr damals im Garten über die Samenkörner erzählt hat und über den Plan, nach dem sie wachsen. So ähnlich stellt sich Lina das bei dem Baby auch vor.

„Hast du dir denn nie ein Brüderchen oder ein Schwesterchen gewünscht?", fragt Papa.

„Nein", antwortet Lina, „warum denn?"

„Na, damit du nicht mehr alleine bist", meint Papa.

„Ich bin gern allein", sagt Lina bockig.

So ganz stimmt das aber nicht, was sie da sagt. Immer öfter hat Lina in letzter Zeit gedacht: „Zu zweit wäre es vielleicht schöner…"

Aber das sagt sie nicht.

Und ein Baby hat sich dabei ja auch nicht vorgestellt, sondern eher eine Freundin.

Während Lina an ihrem Ton herumknetet, fällt ihr das blonde Mädchen aus dem Kindergarten ein.

Sie hat es seit damals nicht mehr gesehen. Nicht auf der Straße und auch nicht beim Einkaufen.

Am Abend fragt Mama: „Soll ich dir die Geschichte weiter vorlesen?"
Lina will es, auch wenn sie sich heute nicht glücklich fühlt.
Immer schaut sie auf Mamas Bauch. Die beginnt mit dem Vorlesen.

„Genau am Tag der Wintersonnenwende erreichte Gwendolin den höchsten Berg des Akeleigebirges. Bis zum späten Nachmittag musste sie auf dem Gipfel sein.
Der Aufstieg im Schnee war mühsam. Gwendolin sank immer wieder tief ein. Obwohl klirrende Kälte herrschte, war ihr ganz heiß. Die Sonne konnte dafür der Grund nicht sein, denn die war blass und kraftlos. Nein, die Hitze kam aus Gwendolins eigenem Körper. Sie musste sich sehr anstrengen, um diesen steilen Berg zu besteigen.
Aber da war auch noch eine andere Wärme in ihr. Die kam direkt aus ihrem Herzen. Sie freute sich so auf ihren Bruder!
Endlich war Gwendolin auf dem Gipfel angekommen. Weit konnte sie von hier aus schauen. Bis zum Meer!
Sie zog ihren Mantel aus und ließ sich darauf nieder.
Eine Weile sah sie zu, wie die Sonne langsam sank.
Sie wartete auf den Augenblick, in dem die Sonnenscheibe den Horizont berühren würde.
Gwendolin saß neben einem Busch mit kahlen, dornigen Zweigen. Er war ganz mit Raureif überzogen, und an seinen Ästchen saßen schon die Knospen für das kommende Frühjahr.

‚Sie warten auf die Frühlingswärme', sagte sich Gwendolin.
Sie dachte an die Sonne, die nun von Gwion Abschied nehmen musste.
Da wurde ihr auf einmal klar, dass sie die Sonne noch nie als Feindin erlebt hatte, sondern immer nur als Freundin. Wie froh und glücklich war sie jedesmal, wenn sie die Sonne spürte! Und die sollte sie jetzt bekämpfen?
Sie überlegte. Dann dachte sie: ‚Bekämpfen? Nein, niemals! Ich muss sie bitten, dass sie Gwion zurückgibt.'

Sie blickte die Sonne an.
Die war so schwach, dass Gwendolin ihr mitten ins Gesicht schauen konnte.
Das Mädchen sprach sie an und sagte:
‚Du weißt, dass ich gekommen bin, um meinen Bruder zu holen. Viele Jahre hast du ihn bei dir gehabt. Wenn du ihn wirklich liebst, dann lass ihn gehen. Du bist doch die Sonne, und dir bleibt nichts verborgen. Überall auf der Welt kannst du ihn sehen, wenn du nur willst.'
Gwendolin schwieg eine Weile und hoffte, die Sonne könnte sie hören.
Dann sagte sie: ‚Wir haben unseren Gwion so vermisst! Du musst einsehen, dass er zu uns gehört, zu unserer Familie, zu den Menschen.
Wenn er gehen möchte, lass ihn bitte gehen!'
Sie wünschte sich von Herzen, dass ihr Wunsch in Erfüllung gehen würde. Ganz heiß wurde ihr vor Aufregung, vor Erwartung und Vorfreude auf den Bruder.
Sie stand von ihrem Fellmantel auf und streifte dabei einen Zweig des Busches.
In diesem Augenblick berührte die Sonnenscheibe das dunkle Meer.

Ein zarter Duft stieg in Gwendolins Nase. Erstaunt suchte sie, woher er kam. Da entdeckte sie an dem Busch neben sich eine kleine weiße Blüte. Sie hatte sich soeben geöffnet und saß wie ein Schmuckstück an dem kahlen Zweig. Gwendolin starrte die Blüte an.
Sie erinnerte sich an die Worte der blauen Blume. ‚Mein Zeichen!', fuhr es ihr durch den Kopf.

Da knirschte der trockene Schnee hinter ihr. Sie erschrak und drehte sich um. Ein Junge stand in der Dunkelheit. Seine Haare leuchteten goldblond. Noch nie hatte Gwendolin solche Haare gesehen!
‚Gwion', sagte sie leise und ging auf ihren Bruder zu. Auch er kam ihr entgegen und nahm seine Schwester in die Arme.
‚Sie hat dich gehen lassen', sagte Gwendolin ernst.
‚Sie musste es tun', antwortete ihr Gwion, ‚denn ich wollte zu euch zurück. Sie spürte, dass sie mich nicht zwingen darf, bei ihr zu bleiben.
Aber das Allerwichtigste hast du für mich getan, Gwendolin. Deine Warmherzigkeit war so groß, dass sie mitten im Winter eine Blüte zum Blühen gebracht hat. Das kann sonst nur sie.'
Dabei zeigte Gwion auf die Sonne, die soeben ins Meer eintauchte. Er hob die Hand und winkte ihr zum Abschied.
Er sagte zu seiner Schwester: ‚Du hast gesiegt. Die Sonne weiß jetzt, dass ich auch bei euch die Wärme finde, die ich brauche.'
Er drückte Gwendolin noch einmal an sich. Dann sagte er: ‚Komm, wir wollen

gehen. Ich möchte unsere Eltern sehen. Endlich können sie ihren Kummer vergessen.'

Doch das Mädchen verspürte plötzlich eine so schwere Müdigkeit, dass es sich auf den Fellmantel niederlegen musste. Es wollte nur noch schlafen, schlafen..."

Mama hört auf zu lesen und schaut ihre müde Lina an.
Die sagt: „Im Schnee darf man nicht einschlafen, sonst erfriert man."
„Ich bin sicher, dass Gwion ihr hilft", vermutet Mama. „Sie hat ja jetzt einen großen starken Bruder."
Sie beugt sich zu Lina hinunter und will ihr einen Gutenachtkuss geben. Aber die möchte das heute nicht, obwohl sie merkt, wie traurig sie ihre Mutter damit macht.
„Ich bin auch traurig", denkt sie und dreht sich zur Wand.

Am nächsten Tag erfährt Lina von ihren Eltern, dass es noch lange dauern wird, bis das Baby kommt. Bis Weihnachten müssen sie warten! Und jetzt ist erst Sommer.

In den Wochen bis zum Herbst verändert sich viel.
Mamas Bauch wird immer runder, und Lina macht es nicht mehr so viel aus,

wenn vom Baby geredet wird.

Sie hilft sogar, die kleinen Sachen herzurichten.

„Wie für eine Puppe", denkt sie, wenn sie die winzigen Hemdchen und Mützchen anschaut.

Sie darf Tiere malen für die Wickelkommode. Lina malt Löwen und Kamele, aber auch zwei Enten und eine weiße Eule.

Mama schneidet die Tiere aus und klebt sie auf die Schubladen. Das sieht schön aus.

Als sie wieder einmal mit den Eltern im Wohnzimmer sitzt, sagt Mama:

„Lina, magst du mal was Schönes fühlen?"

Lina nickt.

„Dann komm her zu mir. Du kannst das Baby spüren. Es bewegt sich im Bauch."

Mama nimmt Linas Hand und legt sie auf ihren Bauch an eine ganz bestimmte Stelle.

Lina wartet. Plötzlich spürt sie ein leichtes Stoßen gegen ihre Handfläche. Sie erschrickt.

„Tut dir das nicht weh?", fragt sie ihre Mutter.

Aber die lacht bloß. „Nein, Lina. Es ist eher so, als ob jemand von innen an meinen Bauch klopfen würde. Und so ist es ja auch. Das Baby streckt sich und strampelt richtig. Manchmal kann ich sogar seine kleinen Fersen fühlen."

Lina geht zu ihrem Papa und rollt sich auf seinem Schoß so klein zusammen, wie sie nur kann. Er stülpt seinen Pullover über sie.

„Ich krieg auch ein Baby", sagt er und lacht.

Unter dem Pullover schwitzt Lina und denkt: „Bestimmt ist es ganz schön eng in so einem Bauch." Sie beneidet das Baby nicht mehr so oft.

Noch jemand hat in den letzten Wochen einen kugelrunden Bauch bekommen.

Die graue Katze Wolle!

„Sie kriegt Junge", hat Papa neulich zu Lina gesagt. Seitdem wartet sie auf die kleinen Kätzchen.

Heute ist es so weit.

Wolle hat sich in Mamas Wäschekorb gelegt und schnauft schwer.

Lange sitzt Lina vor dem Korb.

Auf einmal schiebt sich ein dunkles Köpfchen hinten aus Wolles Körper. Bald schon ist ein schwarzes Kätzchen da und liegt hinter Wolle. Ein paar Hautfetzchen kommen mit heraus.

„Das ist von der Fruchtblase", erklärt Mama.

„Wenn das Kleine noch im Bauch ist, dann ist diese Blase ganz voll Fruchtwasser."

„Das ist ja genau wie bei unserem Baby", denkt Lina. Sie staunt.

Schon kommt das nächste. Es ist grauweiß gestreift.

„Aha", sagt Mama, „der Tigerkater ist also der Herr Papa! Das hab ich mir schon fast gedacht. Immer ist er hier ums Haus geschlichen."

Und noch eines presst Wolle heraus. Es ist mausgrau und sieht aus wie seine Katzenmama.
Die ist jetzt ganz erschöpft, aber sie pflegt ihre Jungen noch lange und sorgfältig.
Die drei Kleinen suchen nach den Milchzitzen an Wolles Bauch. Dann saugen sie voller Wohlbehagen. Ihre Augen sehen aus, als ob sie noch zugewachsen wären.
„Es dauert noch eine Zeitlang, bis sie etwas sehen können", sagt Mama.

In den nächsten Tagen geht Lina oft zum Wäschekorb und betrachtet die Katzenfamilie. Sie wundert sich über Wolle.
„Wie gut sie das alles kann! Es sind doch ihre ersten Babys", staunt sie.
„Manches muss man nicht lernen", sagt Mama und lacht.

Am Abend möchte Lina ihre Geschichte wieder ein Stück weiter hören.
Mama liest:
„Gwendolin und Gwion kehrten nun zu ihren Eltern zurück. Die waren glücklich, ihren Sohn endlich wieder bei sich zu haben, aber sie waren besessen von der Angst, die Sonne würde ihn eines Tages zurückholen.
Viel hatte ihnen Gwion von seiner wunderbaren Kindheit bei der Sonne erzählt. Zu jeder Tageszeit war er mit ihr auf Reisen gewesen, und die ganze Welt hatte er schon gesehen. Nun saß er hier, und seine Eltern ließen ihn nicht einmal vor die Tür, weil sie Angst hatten, die Sonne könnte ihn ein zweites Mal entführen.

Eines Tages aber hielt er es nicht mehr aus. Heimlich verließ er das Haus. Er wollte doch seine Heimat kennenlernen! Stundenlang streifte er durch die Hügel des Akeleilandes.

Die Sonne stand am Himmel und dachte gar nicht daran, ihrem Gwion die Freiheit zu rauben. Viele Tage hatte sie Ausschau gehalten und ihn nirgends entdecken können. Nun war sie überglücklich, als sie ihn dort unten wandern sah.

Gwion betrat den verschneiten Wald und kam zum Akeleisee.

‚Hier möchte ich im Sommer fischen‘, dachte er und schaute über den See. Der war von einer dicken Eisschicht überzogen, denn es war ja noch immer tiefer Winter.

Gwion hatte sich unter einer großen Fichte niedergelassen. Nahe am Stamm war der Boden trocken und mit alten Fichtennadeln bedeckt.

In der Ferne hörte er ein Geräusch, das er noch nie gehört hatte. Er stand auf, um nachzusehen.

Da stürzte ein fuchsrotes Pferd aus dem Gebüsch!

Sein Atem stieg als weißer Dampf aus den Nüstern. Ganz ruhig stand es jetzt da und schaute Gwion an.

‚Kynan!‘, hörte er jemanden rufen. ‚Wo bist du? Kynan!‘

‚Hier ist er‘, rief er zurück, so laut er konnte, denn er war sicher, dass der Rufer das Pferd meinte.

Und so war es auch.

Aus dem Wald trat ein Junge, der so groß war wie Gwion selbst. Er trug einen Helm aus Kupfer. Aber als Gwion genau hinschaute, erkannte er, dass es gar kein Helm war, sondern sein Haar.

‚Ich muss Kynan noch erziehen', lachte er.

Er ging zu seinem Pferd und streichelte ihm die weiche Nase. Gwion tat vorsichtig das gleiche.

‚Hab keine Angst', sagte der rothaarige Junge. ‚Kynan ist das gutmütigste Pferd, das es im ganzen Akeleiland gibt.' Er schaute Gwion an.

‚Ich kenne dich nicht. Wohnst du schon lange hier?'

Als er Gwions Geschichte gehört hatte, sagte er zu ihm: ‚Du sollst deine Heimat kennenlernen. Wenn du willst, zeig ich dir alles. Ich heiße Liam.'

Als Gwion nach Hause kam und den Eltern von seinem Ausflug erzählte, erlaubten sie ihm von diesem Tag an, alles zu erkunden, was er wollte.

Seine Schwester Gwendolin aber war traurig. Sie selbst hatte sich darauf gefreut, ihm alles zu zeigen.

Ihr Bruder war zwar vier Jahre älter als sie, aber es hätte ihm bestimmt auch mit ihr Spaß gemacht, durch die Gegend zu streifen.

Das musste sie nun wieder alleine tun, wie in den vergangenen Jahren auch. Nur ihr kleiner Hund Kirit würde sie begleiten. Nichts hatte sich geändert..."

Was Mama da aus dem Akeleiland vorliest, gefällt Lina überhaupt nicht. Sie liegt in ihrem Bett und denkt: „So hab ich mir das alles nicht vorgestellt."

Sie bedauert die arme Gwendolin.

„Sie hat sich so angestrengt, um ihren Bruder zu befreien, und jetzt geht er mit seinem neuen Freund Liam davon. Das ist ungerecht!"

Mama will aufhören zu lesen, aber Lina möchte unbedingt wissen, wie es weitergeht.

„Lina, ich kann gerne weiterlesen, aber dann werden wir heute Abend mit unserer Geschichte fertig."

Lina bekommt runde Augen. „Für immer fertig?", fragt sie. Das will sie nicht glauben.

„Jede Geschichte geht einmal zu Ende", tröstet sie Mama, „und ich verrate dir, dass sie gut ausgeht."

Lina schaut fassungslos auf die wenigen Buchseiten, die sie noch vor sich haben.

Sie hat sich so an Gwendolin gewöhnt, dass sie sich nicht von ihr trennen möchte.

„Kannst du sie mir nicht nochmal vorlesen?", fragt sie.

„Wenn du unbedingt möchtest, mach ich das schon", verspricht ihr Mama, „aber vielleicht ist es viel schöner, eine ganz neue Geschichte zu erleben."

Sie lacht Lina an und sagt:

„Und jetzt lehn dich mal gemütlich zurück, und hör dir das Ende dieser Geschichte an.

Gwion war jede freie Minute mit seinem Freund Liam unterwegs. Sie ritten zu

zweit auf Kynan und erkundeten die Gegend rings um den Akeleisee.
Seine Schwester Gwendolin strolchte in der Zwischenzeit mit ihrem kleinen Hund Kirit durch den Wald.
Überall sah sie Spuren im Schnee. Sie kannte sich gut aus. Hier war ein Fuchs gegangen! Er hatte seine Füße schnurgerade hintereinander gesetzt. Und da waren die zierlichen Zehenabdrücke von einem Reh!
Kirit schnüffelte aufgeregt.
Plötzlich stürmte die kleine Hündin los und kläffte laut. Der Schnee wirbelte unter ihren kurzen Beinen hoch. Ein Knacken war zu hören. Dann folgte eine seltsame Stille.
Gwendolin war ihrem Hund nachgegangen. Jetzt blieb sie wie angewurzelt stehen. Ein jämmerliches, langgezogenes Heulen war zu hören. Das kam von Kirit.
Aber wo steckte sie? Was war passiert?
Gwendolin stolperte vorwärts. Sie streifte die herabhängenden Zweige, und die schlugen ihr feinen Schneestaub ins Gesicht. Sie spürte es nicht, denn sie hatte nur Kirit im Sinn.
‚Es ist ihr etwas passiert‘, dachte sie.
Und so war es auch. Kirit hatte eine Hasenfährte aufgenommen und vor lauter Eifer nicht mehr auf den Weg geachtet. Sie war in ein tiefes Loch gestürzt und saß nun in der Falle.
Gwendolin hatte die Grube erreicht und beugte sich darüber.
‚Kirit, was machst du denn für Sachen‘, sagte sie. Dann versuchte sie, ihren Hund zu beruhigen. ‚Warte einen Augenblick! Ich helfe dir‘, tröstete sie ihn.

Aber wie sollte sie das machen? Sie schaute sich um. Kirit konnte sich ja nicht an einem Zweig festhalten. Dafür waren ihre Pfoten wirklich nicht geeignet.
‚Aber ich kann das', dachte sie.

Neben dem Loch stand eine große Fichte. Sie nahm einen der unteren Äste und schob ihn über den Grubenrand.
‚So kann ich den Zweig von unten noch gut erreichen', überlegte Gwendolin. ‚Ich rutsche hinunter, klemme Kirit unter den Arm oder werfe ihn hoch, und dann klettere ich wieder heraus. Der Zweig wird mich leicht aushalten.'
Sie merkte nicht, in welch große Gefahr sie sich gerade begab. Die erkannte sie erst in dem Augenblick, als sie unten auf dem Grund der Grube stand.
Schneller, als sie wollte, war sie da hinuntergerutscht, denn die Ränder der Grube waren glatt und eisig. Ihren Ast konnte sie von hier unten aus nicht erreichen.
Jetzt kauerte sie neben Kirit, die sich freute, weil sie nicht mehr allein war. Aber Rettung war Gwendolin keine für sie. Im Gegenteil! Die brauchte jetzt selbst einen Helfer. Aber wo sollte hier draußen, mitten im einsamen Akeleiwald, noch jemand außer ihr sein?
Langsam wurde ihr klar, wie leichtsinnig sie gewesen war. Aber es war zu spät. All ihre Versuche, sich zu befreien, waren vergeblich.
Auch die Idee, Kirit über den Grubenrand zu werfen, war dumm gewesen. Kirit war zwar nur eine kleine Hündin, aber sie war doch viel zu schwer, um sie einfach hochwerfen zu können. Und Kirit wollte das auch gar nicht. Sie wollte

bei Gwendolin bleiben.

‚Ich muss nach Hilfe rufen', dachte sie und tat es. Doch niemand antwortete ihr.

Immer wieder hielt sie ihre Hände wie einen Trichter vor den Mund und schrie, aber nichts rührte sich.

Setzen konnte sie sich nicht, denn der Boden war viel zu kalt.

Was geschah, wenn niemand sie fand?

Gwendolin war ein tapferes Mädchen, doch nun war sie verzweifelt. Sie begann, leise zu weinen.

Sie dachte an all die Abenteuer, die sie in den vergangenen Monaten erlebt hatte. In den Palästen der Herrscher von Wasser, Luft und Erde hatte sie sich umgesehen. Über die Sonne hatte sie gesiegt. Den Akeleiwald und die Hügel ringsum kannte sie wie niemand sonst. Und jetzt saß sie in einem Loch wie in einer Falle.

Es war tatsächlich eine Falle, in der sie gefangen war. Irgend jemand hatte sie gegraben und zugedeckt, um ein Tier darin zu fangen.

‚Vielleicht kommt derjenige, dem sie gehört, weil er nachsehen will, ob er etwas gefangen hat', hoffte sie.

Der Himmel über ihr wurde langsam dunkler.

Da fuhr ihr ein Gedanke durch den Kopf.

‚Mein dritter Wunsch! Ich habe meinen dritten Wunsch noch nicht verbraucht!'

Sie schloss die Augen und rief: ‚Ich will, dass mich jemand findet!
Bitte!
Ich will gefunden werden!'
Gwendolin wartete. Sie hielt die Luft an, um zu horchen.

Plötzlich knackte es am Rand der Grube. Da war jemand auf einen trockenen Ast getreten...
Gwendolins Herz klopfte.
Sie fühlte nicht nur Freude, sondern auch Angst. Sie hatte ja keine Ahnung, wer da gleich über dem Loch auftauchen würde.
Ja, sie überlegte sogar, ob sie sich nicht vielleicht ganz ruhig verhalten sollte. Doch das verhinderte Kirit. Sie witterte etwas und fing an, laut und aufgeregt zu bellen.
Sofort erschien ein Gesicht am Grubenrand.
Ein rotbackiges Mädchen mit einer bunten Strickmütze auf dem Kopf schaute mit großen Augen zu Gwendolin herunter.
‚Was machst denn du da unten', fragte es, ‚und wie willst du wieder hochkommen?'
Gwendolin war sehr, sehr erleichtert. ‚Ich sitze fest', sagte sie. ‚Kannst du mir helfen?'
‚Da hast du aber Glück, dass ich vorbeigekommen bin', antwortete das Mädchen. Dann verschwand es wieder.
Nach einer Weile kam es mit einem Strick zurück. ‚Den hab ich von meinem

Schlitten abgemacht', sagte es. ‚Wir versuchen, ob er dich aushält. Wenn du ein Stück weit oben bist, kannst du dich ja an dem Ast da festhalten.'
Sie deutete auf den Fichtenzweig, den sich Gwendolin zum Hochziehen hergerichtet hatte.
Gwendolin zog ihre Handschuhe aus und steckte sie in die Jackentasche.
‚Zuerst müssen wir Kirit hochziehen!', rief sie. Sie band dem verängstigten Hund den Strick um den Bauch. Noch bevor sich Kirit wehren konnte, war sie schon oben. Das blonde Mädchen streichelte sie, und sie beruhigte sich schnell.
Das Seil kam wieder in die Grube herunter. Nun fasste es Gwendolin mit beiden Händen und arbeitete sich hoch. Sie konnte gut klettern. Sie war schon auf kleinere Bäume geklettert, und auch auf Felsen war sie schon gestiegen.
Das Mädchen oben zog, so fest es nur konnte. Als Gwendolin bei dem Zweig angekommen war, fasste sie ihn und zog sich über den Rand.
‚Danke', sagte sie. Sie war erschöpft, aber auch das fremde Mädchen war erschöpft. Sie setzten sich nebeneinander auf den Schlitten.
‚Bist du öfter im Wald?', fragte das Mädchen.
‚Ja, sehr oft sogar', antwortete Gwendolin.
‚Seltsam, dass wir uns bisher noch nicht begegnet sind', meinte das Mädchen und nahm die Strickmütze ab. Es hatte strohblonde Haare, fast so wie Gwion. Dann öffnete es einen Beutel und nahm zwei Brote heraus. Es waren Honigbrote. Die Mädchen ließen es sich schmecken.
Gwendolin dachte: ‚Vor einer Stunde war ich noch in der Falle, und jetzt sitze

ich hier neben meiner Retterin und esse mein Lieblingsbrot. Das Leben ist voller Überraschungen.'

Das blonde Mädchen hieß Dana.
‚Wie hast du mich denn überhaupt gefunden?', wollte Gwendolin wissen. Sie war neugierig, wie es die blaue Blume geschafft hatte, ihren Wunsch zu erfüllen.
‚Ein blauer Vogel mit einem gelben Käppchen ist vor mir auf einem Zweig gesessen', erzählte Dana.
‚Noch nie habe ich hier im Wald einen so schönen Vogel gesehen. Ich wollte ihm nach, um zu schauen, wohin er fliegt. Aber er hat sich immer nur kurz auf einem Ast niedergelassen und ist dann weitergeflogen.'
‚Er hat dich zu mir gelockt', meinte Gwendolin und erzählte Dana von der Begegnung mit der blauen Blume.
‚Ich will sie auch sehen. Vielleicht wächst sie ja wieder an der gleichen Stelle', sagte das blonde Mädchen. ‚Im Frühling besuchen wir sie.'

Das taten die beiden auch. Sie waren die besten Freundinnen geworden.
Als der Schnee von den Hügeln getaut war und die ersten Blümchen aus der Erde spitzten, wollten sie nachsehen, ob die blaue Blume schon zu sehen wäre. Aber nichts war an dieser Stelle zu entdecken.
 Gwendolin und Dana suchten die ganze Gegend rings um den Baum ab, neben

dem sie gewachsen war.

Plötzlich rief Dana: ‚Da! Da ist jemand hinter dem Baum!'

Ein blauer Stoff schwang wie eine große Glocke zurück hinter den dicken Stamm.

Als die Mädchen hinter den Baum sprangen, war nichts mehr zu sehen.

Gwendolin erinnerte sich an die Fee mit dem nachtblauen Kleid und dem Krönchen im Haar.

Bestimmt war sie es!

Dana, die davon nichts wusste, sagte: ‚Vielleicht wächst die blaue Blume in diesem Frühling an einem anderen Platz für jemanden, der sie dringender braucht als wir.'

Dieser Gedanke machte Gwendolin froh.

Ja, so sollte es sein! Schließlich hatte sie alles bekommen, was sie sich gewünscht hatte.

Jetzt sollte jemand anders glücklich werden, denn in Gwendolins Leben hatte sich alles zum Guten gewendet.

Nichts konnte die beiden Mädchen von nun an mehr trennen.

Auch Gwion und sein Freund Liam waren unzertrennlich.

Gwendolin war nun nicht mehr neidisch, denn sie hatte ja selbst eine Freundin gefunden.

‚Nein', dachte sie, ‚das stimmt eigentlich nicht. Nicht ich hab sie gefunden, sondern sie hat mich gefunden!'

Als die beiden älter wurden, verbrachten sie viele Tage gemeinsam mit Liam und Gwion. Die vier wurden allmählich erwachsen und blieben für immer zusammen.
Gwion bekam Dana zur Frau, und Liam heiratete die mutige Gwendolin. Noch heute erzählt man sich Geschichten über sie.
Diese hier geht nun zu Ende, aber die Freundschaft der vier Akeleilandkinder ging niemals zu Ende, so lange sie lebten."

Leise klappt Mama das Buch zu.
Sie schaut ihre Tochter an, die zufrieden in ihren Kissen liegt.
„Und, Lina?", fragt sie, „war die Geschichte schön?"
„Ja", sagt die, „es ist doch noch alles gut geworden."
Jetzt kann sie nichts mehr dagegen tun, dass ihr die Augen zufallen.

―――

Draußen wird es immer kühler.
Der Garten ist jetzt abgeerntet und für das kommende Jahr umgegraben.
Mama ist schon ganz dick.
Dem Baby wird es anscheinend eng. Es zappelt so, dass Lina es nicht nur fühlen, sondern sogar sehen kann.
Kleine Hügelchen erscheinen mal hier, mal da auf Mamas Bauch. Das sieht komisch aus.

„Es fühlt sich auch komisch an", sagt Mama.
Die kleinen Katzen rennen im Haus herum und entwickeln sich prächtig. Ihre Augen sind schon lange offen. Überall strolchen sie herum.
„Wir sollten allmählich Leute finden, die ein Kätzchen brauchen können", sagt Papa.
„Müssen wir sie denn unbedingt hergeben?" Lina ist traurig.
„Vier Katzen können wir auf keinen Fall brauchen", meint auch Mama. „Wir müssen sie unterbringen, bevor es draußen noch kälter wird."

Aber so einfach ist das nicht. Im Dorf gibt es viele junge Katzen. Niemand will sie haben.
Da hat Mama eines Tages eine Idee. „Wir könnten im Kindergarten einen Zettel aufhängen. ‚Drei wunderschöne Kätzchen suchen ein Zuhause.' Vielleicht möchte jemand seinem Kind eine Freude machen."

Als Lina am nächsten Tag mit Papa zum Einkaufen geht, schauen sie beim Kindergarten vorbei. Lina möchte anfangs nicht mit hinein. Sie erinnert sich nicht gerne an dieses Haus.
Aber als sie dann doch nachgibt und mit Papa reingeht, findet sie es gar nicht mehr so schlimm wie damals.
Aus einem der Zimmer kommt Lärm. Die Kinder spielen anscheinend etwas Lustiges. Aus dem hinteren Zimmer hört Lina ein Lied. „Laterne, Laterne, Sonne, Mond und Sterne..."

Sie kennt dieses Lied auch.

Eine freundliche Frau nimmt den Zettel, auf den Lina unter das Geschriebene noch die drei Kätzchen gemalt hat– ein schwarzes, ein getigertes und ein graues.

„Wer hat denn die Kätzchen gemalt?", fragt die Kindergärtnerin. „Die sind ja wunderschön!"

Sie schaut Lina an.

„Kenn ich dich nicht?", sagt sie und überlegt. „Warst du schon mal bei uns?"

Lina nickt.

„Weißt du was? Wir machen nächste Woche am Martinstag einen Laternenzug. Möchtest du mitgehen? Bestimmt bastelt dein Papa mit dir eine Laterne."

Als Lina zu ihrem Vater hochschaut, sagt der. „Und wie gerne! Ich hab schon so lange keine Laterne mehr gebastelt."

Daheim erzählt Lina, dass sie vielleicht beim Martinszug mitmacht. Mama kann es fast nicht glauben.

Sie überlegen, woraus sie die Laterne machen könnten. Buntpapier haben sie keines im Haus, und Lina ist ungeduldig. Sie möchte sofort anfangen. Da fällt Papa ein, dass er als Kind einmal aus einem Kürbis eine Fensterlampe gebaut hat. Er holt einen gelben Kürbis aus dem Keller.

Lina erinnert sich noch ganz genau, wie sie mit Mama zusammen die Kürbisse gesät hat.

Das hätte sie damals nicht gedacht, dass sie mit einem der Kürbisse beim

Laternenzug im Dorf unten mitmachen würde!
Papa hilft Lina, den Kürbis auszuhöhlen. Das ist nicht einfach.
Ein Teelicht kommt innen rein, und in den oberen Rand werden drei Löcher gebohrt. Da wird später eine Schnur durchgezogen.

Am Martinstag stehen Lina und Papa auf dem Marktplatz. Sie haben ihre dicken Winterjacken an, denn es hat den ganzen Vormittag über geregnet. Sie müssen aufpassen, dass sie nicht aus Versehen in eine der Pfützen steigen.
Viele Kinder sind mit ihren Müttern oder Vätern gekommen. Lina kann die unterschiedlichsten Laternen entdecken.
Sie ist stolz auf ihren Kürbislampion.
Papa hat versucht, einen Halbmond und ein paar Sterne in die harte Schale zu schneiden. Das hat nicht ganz so gut geklappt. Es sind eher Löcher geworden, aber auch durch die scheint das Licht schön heraus.
Lina trägt die Laterne an einem kräftigen Stock, denn die ist natürlich nicht so leicht wie ein Papierlampion.
Plötzlich hören sie ein fürchterliches Geschrei.
Vor ihnen ist ein kleiner Junge bäuchlings in eine Riesenpfütze gefallen. Die Laterne schwimmt im Wasser, und er jammert furchtbar.
Seine Mutter hebt ihn hoch und schaut sich Hilfe suchend um. Der Junge ist tropfnass, und heute ist es richtig kalt.
„Der Ärmste", denkt Lina.
Papa geht auf die Frau zu. „Können wir Ihnen irgendwie helfen?", fragt er.

Die Frau und ein Mädchen, das wohl auch dazugehört, drehen sich um.
Da bekommt Lina einen richtigen, kleinen Schreck. Es ist kein schlimmer Schreck, sondern eher ein schöner. Vor ihr steht das blonde Mädchen aus dem Kindergarten!
Die beiden Kinder schauen sich an.
Auch das Mädchen erinnert sich sofort. Das merkt Lina genau.
„Wenn Sie mir wirklich helfen möchten, würde ich Sie bitten, meine Tochter beim Laternenzug mitzunehmen. Sie hat sich so drauf gefreut. Ich muss mit meinem nassen Moritz schnell heim. Ich komm sobald wie möglich zurück."
Die Frau ist erleichtert, als Papa sagt: „Das machen wir gerne. Stimmt's, Lina?"
Die nickt.
Etwas, ganz in ihr drinnen, ist richtig heiß und aufgeregt. Auch ihr Herz klopft schneller als sonst. Lina freut sich.
Moritz weint noch ein bisschen, weil seine Laterne nur noch ein nasser Fetzen ist.
Seine Schwester sagt: „Wenn du zurückkommst, darfst du meine tragen."
Sie hält eine schwarze Laterne, in die sie lauter kleine Fenster geschnitten und mit durchsichtigem Buntpapier überklebt hat. Das Kerzenlicht scheint in verschiedenen Farben aus dem Lampion.
„Wenn sie ihre Moritz gibt, geb ich ihr meine", überlegt Lina.
Jetzt geht Papa mit zwei Mädchen beim Laternenzug mit. Die beiden schauen sich immer wieder von der Seite an. Als das Laternenlied gesungen wird, singen sie kräftig mit.

Alles ist neu für Lina. Und es ist schön!
Um sie herum sind viele fremde Kinder mit bunten Lichtern, aber sie hat diesmal nicht den Wunsch, einfach wegzulaufen. Und neben ihr geht das Mädchen, an das sie schon so oft gedacht hat.
Es heißt Stella.
Linas Augen leuchten fast so wie das Licht in ihrer Kürbislaterne.

Als Lina und Papa nach Hause kommen, erzählen sie natürlich die ganze Geschichte.
„Wir haben Stella und ihre Familie eingeladen. Hoffentlich kommen sie auch wirklich", sagt Lina.
Aber lange Zeit hören sie nichts voneinander.
„Schade", meint Mama, „das versteh ich nicht."
Eines Tages ruft Stellas Mama an und sagt, dass sie gerne zu Besuch kommen würden. Sie erzählt, dass Moritz krank geworden war und sie deshalb nicht kommen konnten.
Lina hüpft herum und freut sich.

Am zweiten Advent kommt Stella. Lina hat Mama geholfen, Sternplätzchen zu backen.
„Stella heißt ‚Stern' ", hat Mama gesagt. Da hatte Lina die Idee mit den Plätzchen.

Wolle hat nur noch ein Junges. Es ist das graue, das ihr so ähnlich sieht.
Die anderen beiden haben ein Zuhause gefunden, und Lina konnte sich gut von ihnen trennen.
Noch ist ja das kleine Graue hier.
Es läutet an der Tür. Der Besuch ist da!
Die ganze Familie steht draußen. Stellas Papa hat einen Strauß in der Hand. Den gibt er Mama. Es sind kahle Zweige mit Knospen daran.
„Ich hab vorige Woche unseren Kirschbaum zurückgeschnitten", sagt er. „Vielleicht blühen sie ja zu Weihnachten."
„Mitten im Winter?", denkt Lina. Draußen liegt der erste Schnee.
Sie holt die Lieblingsvase mit dem Gesicht und stellt die Zweige hinein.
„Schau, Mama", hört sie Moritz rufen, „was da für ein liebes Kätzchen ist!"
Er spielt den ganzen Nachmittag mit der kleinen grauen Katze. Manchmal geht er ein bisschen grob mit ihr um, aber anscheinend gefällt ihr das.

Lina zeigt Stella ihr Zimmer. Das Mädchen schaut sich alles genau an. Von den drei Kügelchen in der Schatztruhe sagt Lina nichts. Das bleibt ihr Geheimnis.
Aber die graue Kugel darf Stella in die Hand nehmen. Die gefällt ihr sehr.
Stella erzählt, dass sie am liebsten malt.
„Mein ganzes Zimmer ist voll mit Bildern", sagt sie. „Du musst unbedingt mal zu mir kommen."
Die beiden Mädchen spielen den ganzen Nachmittag miteinander.
Lina hat ihre selbstgemachten Puppenteller hergeholt. Nun essen sie die

Sternplätzchen von dem kleinen Geschirr.

Stella bewundert Lina, dass sie so schöne Sachen machen kann.

„Wenn du das nächste Mal kommst, dann zeig ich dir, wie das geht. Das kannst du auch", verspricht ihr Lina.

„Bitte, komm doch auch in den Kindergarten", sagt Stella. „Wenn du dort wärst, dann wär's viel schöner."

Stella geht schon seit zwei Jahren hin und hat manchmal gar keine Lust mehr dazu. Sie möchte viel lieber in die Schule.

„Im Herbst komm ich in die erste Klasse", erzählt sie stolz.

„Ich auch!", ruft Lina und bekommt ganz rote Backen, so freut sie sich.

An die Schule hat sie bisher überhaupt nicht denken wollen. Jetzt hört sie Stella sagen: „Wir setzen uns nebeneinander, magst du?"

Und ob sie mag!

Schule, Kindergarten– auf einmal sind das keine Schreckgespenster mehr für Lina.

Stellas Eltern schauen sich die Werkstatt an. Sie bestellen bei Papa ein Teegeschirr, weil es ihnen so gut gefällt.

„Lina kommt vielleicht auch in den Kindergarten", erzählt Stella.

Papa schaut verdutzt. „Tatsächlich, Lina? Das wäre ja wunderbar. Bis zur Schule könntest du noch über ein halbes Jahr dort sein."

Moritz muss sich jetzt von der Katze trennen. Er ist traurig.

Als sie gegangen sind, sagt Mama: „Er bekommt die kleine Katze zu Weihnachten

von seinen Eltern geschenkt, aber du darfst nichts verraten."
„Na gut", denkt Lina, „wenn er sie so gern hat, dann soll er sie haben."

„Magst du die Familie von Stella, Lina?", fragt Papa sie beim Abendessen.
„Aber das weißt du doch", antwortet ihm Lina. Und sie denkt: „Warum fragt er denn so komisch?"
„Weißt du", sagt er, „Mama und ich haben uns etwas überlegt. Wenn das Baby kommt, muss ich Mama ja ins Krankenhaus bringen. Da können wir dich nicht allein zu Hause lassen. Stellas Mama würde sich freuen, wenn du da für einen Tag bei ihnen bleiben würdest."
Das muss Lina sich erst genau überlegen.

Bald ist Weihnachten.
Eines Abends, -Lina ist schon eingeschlafen-, steht Papa vor ihrem Bett und weckt sie vorsichtig auf.
„Lina, bitte, steh auf. Das Baby kommt. Ich muss Mama ins Krankenhaus fahren."
„Soll ich zu Stella?", fragt Lina. Sie ist noch ganz schläfrig.
„Ja", sagt Papa.
Lina merkt, dass er aufgeregt ist.
Auch Lina überfällt eine kleine Aufregung, als sie Mama in der Küche sitzen

sieht. Auf dem Tisch steht die fertig gepackte Tasche. Mama hat sie schon vor längerer Zeit hergerichtet.

„Das Baby kann ganz schnell kommen. Da kann ich nicht mit Kofferpacken anfangen", sagte sie damals zu Lina.

Jetzt ist es soweit! Das Baby kommt.

Und Lina übernachtet bei Stella.

Papa hält mit dem Auto vor einem fremden Haus. Sie steigen aus. Da kommen schon Stellas Eltern heraus. Sie wünschen Mama alles Gute. Dann ist Lina mit ihnen allein.

Sie darf bei Stella im Zimmer schlafen. Dort ist ein Bett für sie hergerichtet. Stella wacht nicht auf.

Aber als sie Lina am nächsten Morgen entdeckt, freut sie sich sehr. Sie darf den Kindergarten schwänzen und den ganzen Vormittag mit ihrer neuen Freundin spielen.

Die beiden Mädchen basteln Sterne für den Christbaum. Morgen ist Weihnachten.

Da kommt Papa. Er strahlt.

„Wir haben ein kleines Mädchen bekommen, Lina. Du wirst staunen!"

„Wie geht es Mama", fragt Lina.

„Sehr gut!", sagt Papa vergnügt. Er bedankt sich bei Stellas Eltern für die Hilfe. Dann nimmt er seine Tochter an der Hand. „Komm, Lina, wir müssen nach

Hause."

„Nach Hause?", sagt Lina erstaunt. „Aber wir wollten doch ins Krankenhaus!"

„Mama ist schon wieder daheim, und das Baby auch."

Jetzt kann es Lina kaum erwarten.

Als sie vor Mamas Bett steht, bemerkt sie plötzlich wieder diesen kleinen Stich, den sie gespürt hat, als die Eltern das erste Mal von dem Baby erzählten. Aber das geht ganz schnell vorbei.

Sie sieht das winzige Schwesterchen.

Die Kleine trinkt gerade an Mamas Brust. Feine, braune Haare hat sie, aber sonst ist alles an ihr rosig – das runde Gesicht, die Hände, sogar die durchscheinenden Fingernägelchen.

Lina lehnt sich an Mama und reibt den Kopf an ihrem Arm. Mama sieht müde, aber glücklich aus.

Da erinnert sich Lina, was ihre Eltern schon vor längerer Zeit mal zu ihr gesagt hatten.

„Wir müssen einen Namen für das Baby suchen. Aber passen muss er, so wie bei dir, Lina!"

Alle drei waren sich einig: „Der Name soll was mit ‚Glück' zu tun haben, denn

bestimmt sind wir glücklich, wenn wir das Kleine endlich bei uns haben."
Sie fanden die Namen „Felix" für einen Buben und „Felicitas" für ein Mädchen.
Mama erklärte Lina: „Felix bedeutet ‚der Glückliche', und Felicitas heißt soviel wie ‚sich richtig glücklich fühlen' ".
Lina beugt sich jetzt über das winzige Ohr ihrer kleinen Schwester und sagt leise: „Hallo! Felicitas..."
Aber so richtig glücklich kann sich Lina noch nicht fühlen. Das Baby ist zu nah bei Mama. Und das wird lange so bleiben. Das ist Lina klar, wenn sie die beiden so sieht.
Sie weiß, dass sie mithelfen darf, das Schwesterchen zu baden und zu wickeln. Darauf freut sie sich. Felicitas ist kleiner als ihre Babypuppe, mit der sie in letzter Zeit so oft geübt hat.

Auf dem Nachttisch stehen Blumen von Papa. Er bringt gerade eine Tasse Tee für seine Frau herein und strahlt.
Lina merkt, wie froh ihre Eltern sind, dass die kleine Felicitas endlich da ist. Jetzt hat sie eine Schwester.
Sie holt tief Luft und nimmt sich vor, sie lieb zu haben. Ein bisschen spürt sie es sogar schon.
Seltsam, dieses Gefühl sitzt genau an der gleichen Stelle, wo vorhin der kleine Stich war.

Am Nachmittag hilft Lina, Hemdchen und Strampelhöschen aus der Schublade zu holen.
Sie ist stolz auf die Kommode mit den Tieren drauf! Stella hat sie auch bewundert, als sie zu Besuch war.
Als Mama und das Baby versorgt sind, sagt Papa: „Lina, morgen ist Weihnachten. Hilfst du mir? Ich muss noch so viel herrichten."
Lina nickt.

Am Nachmittag läutet es draußen. Vor der Tür steht Stella mit ihrer Mama.
„Dürfen wir das Baby anschauen?", fragt Stella. Lina freut sich und hüpft voraus ins Schlafzimmer.
Alle beugen sich über das Bettchen und bewundern die kleine Felicitas. Die bewegt gerade ihre Lippen, als ob sie saugen würde.
Stella beneidet Lina ein bisschen um das süße Schwesterchen.
„Du hast's gut", sagt sie zu ihr.
„Du kannst kommen, so oft du willst", meint Lina.
Als sie wieder in der Küche sind, meint Stellas Mama: „Könnten wir das graue Kätzchen gleich mitnehmen? Moritz soll es doch morgen als Weihnachtsgeschenk bekommen." Sie suchen die Katze und setzen sie in eine Basttasche.
Wolle guckt.
Die beiden verabschieden sich und gehen vorsichtig den Berg hinunter. Draußen ist es glatt. Es hat in der Nacht geschneit und gefroren.

Am nächsten Abend feiert Lina mit ihren Eltern und dem Baby zusammen Weihnachten.

Mama ist überrascht, wie gut alles ohne ihre Hilfe geht. Sie muss gar nichts arbeiten. Papa und Lina bedienen sie. Sie braucht sich nur um das Baby zu kümmern.

Auf dem Schränkchen steht ein kleiner Christbaum. Daran hängen auch ein paar von den Sternen, die Lina gestern bei Stella gebastelt hat.

„Schaut euch mal die Kirschzweige an!", ruft Mama da auf einmal.

Als sie zur Lieblingsvase schauen, sehen sie, dass sich eine der Knospen geöffnet hat. Eine weiße Blüte sitzt an dem kahlen Zweig und leuchtet zu ihnen herüber.

Lina staunt: „Aber es ist doch Winter!"

„Stellas Papa hat die Zweige genau zum richtigen Zeitpunkt geschnitten", sagt Papa. „Anfang Dezember haben sie ganz viel Kraft in sich. Und die haben sie auch dann noch, wenn man sie in eine Vase stellt. Bei der Wärme hier im Zimmer meinen sie, dass es schon Frühling ist und fangen an zu blühen."

Die drei freuen sich über die Blüte wie über ein schönes Geschenk.

Dieses Weihnachtsfest ist eben ein ganz besonderes.

Das größte Geschenk hat Mama auf dem Arm– Feli! Der ganze Name ist Lina zu lang. Sie nennt ihre Schwester „Feli".

Als ihr Blick auf die Papiersterne fällt und dann auf die Sternplätzchen, die auf dem Kuchenteller liegen, denkt sie an Stella. „Eigentlich ist Stella für mich auch ein Weihnachtsgeschenk. Und ich für sie."

Dann denkt sie an die kleine graue Katze, die sich wahrscheinlich in diesem Augenblick gerade von Moritz knuffeln lässt.

Wolle hat den Abschied gut überstanden. Sie fühlt sich wieder frei und strolcht draußen im Schnee herum.

Übermorgen, am zweiten Weihnachtsfeiertag, wird Stellas Familie zu Besuch kommen. Darauf freuen sich schon alle.

Am ersten Feiertag spielt Lina allein. Sie setzt ihre neue rote Mütze auf und geht nach draußen. Sie möchte ihr Weihnachtsgeschenk ausprobieren– einen Schlitten mit einer bunten Schnur dran.

Es ist klirrend kalt. An der Dachrinne hängen kleine Eiszapfen, und der Schnee funkelt richtig, wenn die Sonne draufscheint.

Sie nimmt Wolle, setzt sie auf den Schlitten und zieht sie im Hof herum. Aber lange lässt die sich nicht spazierenfahren.

Das Pflaster ist spiegelglatt. Papa wollte eigentlich streuen, aber Lina hat gebettelt: „Bitte nicht! Erst, wenn ich wieder ins Haus gehe. Ich möchte rutschen!"

Sie hat heute seit langer Zeit wieder einmal ihre graue Steinkugel mit ins Freie genommen.

Warum, weiß sie selbst nicht so genau. Ein bisschen war es vielleicht das schlechte Gewissen.

Nur noch recht selten spielt sie mit ihren gesammelten Sachen. Sogar die Schatztruhe wird nicht mehr jeden Tag geöffnet.

Es ist viel aufregender, mit Mama und Papa, mit Stella und Feli zusammen zu sein. Aber heute hat sie sich gedacht: „Die arme Kugel! Immer nur auf dem Regal liegen..." Deshalb liegt die jetzt im leeren Blumenkasten.

Während Lina versucht, aus dem trockenen Schnee ein kleines Schneemädchen zu bauen, springt Wolle in den Blumenkasten. Sie versucht, das runde Ding, das da liegt, mit ihrer Pfote wegzurollen.

Richtig anstrengen muss sie sich, und sie schafft es auch.

Lina hört hinter sich einen kurzen, harten Aufschlag bei der Haustreppe. Sie dreht sich um und schaut, was das gewesen sein könnte, kann aber nichts erkennen.

Wolle sitzt an der untersten Treppenstufe und tappt mit der Pfote an irgendetwas Grauem herum.

„Hat sie eine Maus gefangen?", denkt Lina. „Jetzt im Winter?" Sie geht zu ihr hin.

Da wird sie starr vor Schreck und stößt einen Schrei aus.

Papa kommt sofort heraus, denn er meint, dass Lina auf dem glatten Boden ausgerutscht ist und sich verletzt hat.
Aber etwas ganz anderes ist geschehen!
Lina hält Papa stumm ihre Steinkugel hin– sie ist in zwei Hälften auseinander gebrochen. Mitten durch!
Papa weiß, wie lieb Lina diese Kugel hat. „Wie ist denn das passiert?", fragt er.
Lina weint. „Wolle muss sie aus dem Blumenkasten geschubst haben."
„Und dabei ist sie auf der harten Treppenkante aufgeschlagen", vermutet Papa. „Aber weißt du, Lina, sie muss schon einen Riss gehabt haben, sonst hätte sie nicht brechen können."
Er hält die beiden Halbkugeln aneinander. Sie passen genau zusammen. Nur ein paar Splitter sind verloren gegangen. „Wirklich schade", sagt er.
Dann trennt er die Hälften wieder, um sie seiner Tochter zurückzugeben.
Plötzlich hört Lina auf zu schluchzen, greift nach einer der Hälften und schaut sie ganz genau an. Ist das möglich?
In der Kugel glitzert es!
Papa untersucht die Hälfte, die er in der Hand hält. Er schüttelt den Kopf. „Lina, du bist wirklich und wahrhaftig ein Findekind. Weißt du, was das für eine Kugel ist?"
„Nein", sagt Lina.
„Man nennt so etwas ‚Geode' oder auch ‚Druse'."
Er kann es nicht fassen. „Ich hab mich immer schon gewundert, warum diese große Kugel nicht schwerer ist. Jetzt wissen wir, warum. Sie ist hohl!

Komm, das zeigen wir Mama!"

Die kann es auch kaum glauben, was sie da im Innern der Kugel sieht– kleine violette Kristalle! Einer sitzt neben dem andern. Wie gläserne Buntstiftspitzen! Lina denkt nach und sagt: „Das hab ich schon mal irgendwo gesehen..."

„Auf einem Bild vielleicht?", meint Mama. Dann sagt sie: „Es ist zwar sehr schade, dass der Stein zerbrochen ist, aber erst jetzt kann man sehen, was das für eine Schatzkammer ist."

Lina denkt auch so. Es tut ihr schon leid um die Kugel, aber was sie hier sieht, findet sie noch viel aufregender.

„Wie kommen denn die Kristalle in den Stein?", fragt sie.

„Sie wachsen da drinnen. Dazu brauchen sie aber unglaublich lang. Es sind Quarzkristalle, die sich schon vor Millionen Jahren gebildet haben. Und sie brauchen diese Höhle, um wachsen zu können. Warte, ich zeig dir was!"

Papa holt aus dem Bücherregal ein Buch über Steine. Da sieht Lina ihre Kristalle auf einem Bild. Die sind zwar größer als ihre, aber sonst sehen sie genau so aus.

„Ich hab's mir doch gedacht!", ruft Papa. „Du hast Amethyste gefunden!"

Alle drei staunen.

„Schau mal, Quarzkristalle gibt es in allen Farben", sagt er und zeigt Lina ein anderes Bild. „Wenn sie glasklar sind, heißen sie ‚Bergkristall' und wenn sie rosa sind, nennt man sie ‚Rosenquarz'."

„Und da sind auch noch grüne und blaue!", staunt Lina.

Sie untersucht nochmal ihren eigenen Fund.

Mama meint: „Wenn es tatsächlich Amethyste sind, dann besitzt du richtige Edelsteine!"

„Sind sie wertvoll?", will Lina wissen.

„Ja, sie sind wertvoll. Man kann schönen Schmuck daraus machen."

Und Papa sagt zu Lina: „Es gibt sie nur ganz selten hier bei uns. Wenn du sie nicht gefunden hättest, wären sie vielleicht für die nächsten Millionen Jahre verborgen geblieben."

„Eigentlich hat Wolle sie gefunden. Sie hat die Schatzkiste aufgeknackt", sagt Lina und streichelt die graue Katze, die keine Ahnung hat, was sie da gemacht hat.

Lina legt die Hälften genau aneinander. „Man sieht gar nicht, dass sie zerbrochen ist. Damit möchte ich Stella überraschen."

„Weißt du noch, Lina", erinnert sich Papa, „als du an deinem Geburtstag den Stein gefunden hast?"

„Dein Geburtstagsgeschenk von unserem Berg", lacht Mama.

„Und ein Weihnachtsgeschenk! Edelsteine in einem grauen Paket verpackt", sagt Lina fröhlich. Sie freut sich schon so auf morgen. Da kommt Stella. Die wird gucken!

An diesem Abend liegt Lina lange wach und denkt nach.

Aus ihrem Lieblingsstein sind mit einem Schlag zwei Lieblingssteine geworden! Und nicht nur das.

Zwei kleine Schatzkammern hat sie da auf ihrer Bettdecke liegen.

Schnell schlüpft sie nochmal aus dem Bett und holt ihre drei Kügelchen– das weiße, das honiggelbe und das perlmuttschimmernde.

Sie nimmt sie der Reihe nach in die Hand und denkt dabei an die kleinen Wesen, von denen sie diese Geschenke bekommen hat. So lange ist das schon her!

Morgen kommt Stella, ihre Freundin. Und im Zimmer nebenan schläft Feli, die kleine Schwester.

Da denkt Lina plötzlich: „Ich schenke eine Kugelhälfte her! Aber noch nicht gleich. Wahrscheinlich schenke ich sie Stella! Oder vielleicht Feli?

Zuerst muss ich wissen, wer genau zu mir passt. Wir sollen so gut zusammenpassen wie diese zwei Teile hier."

Sie drückt die beiden Hälften so zusammen, dass sie wieder aussehen wie eine unscheinbare, graue Kugel.

„Dass da drin ein Schatz verborgen ist, weiß fast niemand", denkt Lina, „nur Mama und Papa, Feli, Wolle und ich.

Aber bald wird es auch Stella wissen. Vielleicht auch ihre Mama und ihr Papa. Und Moritz darf die Edelsteine auch anschauen."

Während sie all diese Namen aufzählt, wird sie sehr müde.

Da sieht sie zwei Mädchen mit einem kleinen Hund. Sie stehen am Waldrand. Das dunkelhaarige wendet sich zu Lina um und winkt.

Drüben am Seeufer reiten zwei Jungen. Hintereinander sitzen sie auf ihrem Pferd. Einer hat kupferrotes Haar, der andere goldblondes.
Und dort!
Wie eine Glocke schwingt ein dunkelblauer Rock hinter einen Baum zurück...

Aber da ist Lina schon fest eingeschlafen.

Ursula Kraft ist Grundschullehrerin. Der Schwerpunkt ihrer schulischen Arbeit lag jahrelang auf der Integration von Aussiedlerkindern aus Kasachstan und Asylbewerberkindern. Mittlerweile ist sie im Bereich der individuellen Lernförderung tätig.
Sie ist verheiratet, hat drei erwachsene Kinder und lebt in der Oberpfalz.

Folgende Kinderbücher von Ursula Kraft sind im Buchecker Verlag erschienen:

Das Bärengeheimnis
60 Seiten, Illustrationen in Schwarzweiß

Die Waldmeisterin
84 Seiten, viele farbige Illustrationen und Fotos

Freundschaft ist blau – oder?
Bilderbuch, 48 Seiten

Die Hingucker
112 Seiten, Illustrationen in Schwarzweiß

20